마지막 기억

마지막 기억

윤 오 병

시   집

좋은땅

시인의 말

고통은 때로, 판(板)이 충돌하여 지진이 일어나듯이 내 기억의 지층을 흔들어 무의식 속에 가라앉았던 내 생의 편린(片鱗)들을 의식 밖으로 밀어 올리곤 했다.

나는 그것들을 언어로 엮어낼 힘이 부족하다는 것을 알아채고 내 고통 위에 가중되는 절망에 휩싸일 때가 자주 있었다.

그냥 가만히 있는 것 밖에는 할 수 있는 것이 없었다.

그러나 다시 고통이 휘몰아치면 내 의식을 떠돌던 기억의 편린들은 더 또렷해졌다.

어쩔 수 없이 무청을 엮듯이 얼기설기 엮어서 아무도 안 보는 내 존재의 한쪽 구석에 매달아 놓곤 했는데, 그분께서 "괜찮아, 표현되는 것이 다가 아니야. 진짜 보물은 땅속 깊은 곳에 원석으로 존재하는 거야. 너에게 보석들이 있다는 것 알아? 지금은 원석 몇 개를 캐냈는데, 너의 세공기술이 조금 부족할 뿐이야. 중요한 건 세공기술이 아니라 원석을 캐내는 거야. 원석을 캐내어 다듬다보면 빛나는 귀한 보석이 되지 않겠어?" 이런 마음에 감동을 주시는 것 같았다. 눈물이 났다!

이 격려로 용기를 내어 두 번째 시집을 내게 되었다. 윤단, 윤결 두 아들의 전폭적인 지지를 받으며!

고난과 고통은 여전하지만 나는 낙망치 않는다. 오직 사랑하는 그분 때문에!

고마운 분들이 많다. 이 분들의 이름을 나의 주님께서 기억해 주시길!

태양 빛이 은총처럼 쏟아지는 한여름 오후에,

윤오병

차 례

제1부 — 먼저 있는 사랑

제2부 — 과부하(過負荷)

제3부 — 마지막 기억

제4부 — 유일한 그대

제5부 — 다윗의 고백

제1부

먼저 있는 사랑

눈 오는 밤

겨울밤이 하도 고요하여
창문을 여니
웬 눈이 저렇게도,

저 오렌지빛 가로등 아래 휘몰아치며
내리는 눈은 바이올린 소리 같지 아니한가요?
가로등 뒤편 희미한 어둠을 헤치며 내리는
눈은 첼로 소리 같이 아니한가요?

땅에 은총이 내리는 눈 오는 밤

가난한 사람들의 창가에 내리는 눈은
그 선교사가 불던 오보에 소리* 같지
아니한가요?

* 영화 〈미션〉 OST, 가브리엘의 오보에(Gabriel's oboe),
  엔니오 모리꼬네 작곡

그대 가슴에서 눈처럼

눈이 사각사각 잘도 내리는구나
어느 하늘에서 온 것이냐
얼마나 멀리서 온 것이냐
그렇게 먼 하늘에서 중력 때문에
내려온 것이냐

아, 오늘도 나는 중력 때문에
송이눈처럼 그대 가슴에 내려
눈물처럼 녹는다

진실 그 하나만 가질 수 있다면

겨울바람이 서릿발처럼 살을 에이고
그 바람 속의 바람,
아프도록 저린 바람이 마음을 흔들 때,
몸도 마음도 어둠 속,
저 혼돈 속에 지쳐갈 때,

차라리 벗은 몸으로 저 들판을 달려가
겨울나무와 함께 엄동(嚴冬)을 보내며
위선의 껍질을 다 벗겨버릴 수 있다면,
그 뿌리 깊이 숨겨둔 생명과 닿을 수
있다면,

그럴 수 있다면,

봄꽃 하나 피우지 못하고 죽어도 좋으리
진실 그 하나만 가질 수 있다면,

11월은 놀라서

11월에는 많이 놀란다
보일러 돌아가는 소리에 놀라고
김장 소리에 놀라고

길을 걷다 발 앞에 톡 떨어지는 낙엽에 놀라고
많이 수척하고 앙상해진 나무에 놀라고
바람이 차가워져서 놀라고
내년 다이어리를 벌써 사야 되는데 놀라고

내가 살아있음에 놀라고
내가 죽어가고 있음에 놀라고
이렇게 세월이 가도
도무지 변화되지 않아서 놀라고

이제는 놀라지도 않는 나를 보고 놀라고
하나도 애통해하지 않아서 놀라고
놀라워하지 않는 사람들 때문에 놀라고
놀라워하는 내가 더 이상해서 놀라고

아, 11월은 놀라서,

많이 놀라서

마지막 떨림으로 지는 낙엽이 서럽다

살아가는 내가 눈물겹다

따듯하기 위하여

소복하게 쌓인 하얀 눈 위로 아침 햇살이 비칠 때
우리의 마음은 얼마나 따듯했던가
차마 그 눈길 위를 걸을 수 없어서
한참을 바라보기만 하였지
잠시 후 누군가의 발자국이 눈길을
헤치고 지나가 버리면
아아, 탄식하며 가슴 아파했었지

내 가슴속에도 수많은 발자국들이 있는데,
나는 그 발자국들을 아침 햇살에 빛나는 눈처럼
따듯하게 대하리라
발자국의 주인공이 어디에서 무얼 하든지
나의 가슴을 얼마나 아프게 했든지 간에
나는 따듯하게 대하리라

그들이 나를 밟음으로
나는 깨어지고, 성숙해졌으니
내 인생에서 다 필요했던 스승들이 아니었겠는가

나는 그들의 발자국을 내 가슴에 고이 품고 가리라
그때의 가난했던 마음 잊지 않기 위하여
나도 누군가의 가슴, 밟지 않기 위하여
아침 햇살 비치는 눈처럼 따뜻하기 위하여

역방향(逆方向)

기차는 앞으로 달리는데,
뒤편 저 멀리로
스치는 풍경만 빠르게 사라지네

역방향(逆方向)이네

인생도 앞으로만 달려가는데,
아득히 멀어진 세월만 바라보네
그대 그리워,

역방향(逆方向)이네

종점(終點)까지
갈 것
같네

역방향(逆方向) 그대로,

탈모(脫毛)

탈모가 왔다!
약도 먹고, 비싼 제품도 쓰고, 기도도 하고
별짓 다 해도 안 된다
머리카락 한 올이 얼마나 귀중한지
탈모가 와서야 알게 되었네

한 올 한 올 빠지는 머리카락을 보며
한 올 한 올 죽어가는 인생을 보네

한 올 한 올 죽어가기에
한 올 한 올 오는 죽음도 몰랐네

한 올 한 올 헛되이 살았기에,
헛되게 산 것도 몰랐네

인생은 한 올 한 올 진실되게
사는 것인데,
한 올 한 올을 엮어서 끊어지지 않는
밧줄을 만드는 것인데,

아, 그 밧줄 타고 내 뒷사람들
더 높이 오르는 것인데,

사람들은 알까

낙엽이 쌓여가고
낙엽을 밟는 발걸음이
쓸쓸하다

사람들은 알까
연두색 잎새를 밟고 있다는 것을
한때 뜨거웠던 초록의 생명을 밟고 있다는 것을
밟으면서 그리워하고
밟으면서 외로워하고
밟으면서 사랑의 기억을 떠올리는 건
낙엽, 그 아픈 흔적밖에 없다는 것을

사람들은 알까
낙엽과 함께 가을이 뚝뚝 떨어지고
앙상해진 가지가 바람에 흔들리고,
혹한(酷寒)을 준비하라고 바람에 흔들리고
흔들릴 때마다 가지 끝까지 벋쳐있던
모든 생명 끌어모아

땅속 깊은 곳

저 끝, 뿌리에 단단히 모아놓고

벌써 부활의 봄을 기다린다는 것을

유성(流星)

가슴속에 대각선으로 짧지만 강렬한
유성이 지나갔다

어느 어둠 속으로 사라졌는가
어느 운석으로 부서져버렸는가
그대여,

유성은 한 번 스치는 빛인 줄 알았는데
밤마다 켜지는 이 빛은 무엇인가

잠시 동안만 그리울 줄 알았는데
저 멀리 산벚꽃처럼 피어, 밤마다
찾아 내려오는 그리움은 무엇인가

별들이 내 영혼의 창을 두드리고
꽃잎들이 내 영혼의 뜨락에 쌓여도
나는 저 푸른 어둠 속으로 사라진
단 하나의 빛만을 그리워하나니

그대여,

어느 그리운 어둠 속으로 사라졌는가
어느 그리운 운석으로 부서져버렸는가

첫사랑

쌓아 놓은 장작더미에 기름을 붓고 불을 붙이자
순식간 치솟아 오르는 캠프파이어처럼,
네가 그은 성냥불이 내 가슴에 맹렬한 불길로
솟아올랐고, 불은 불완전 연소가 될 때가 많아
가슴은 타기보다 그을렸고, 눈은 매워 눈물만 찔끔
거렸고, 나는 거리를 마구 쏘다니며 바람의 틈새를
달음질하며 눈물만, 눈물만 뒤로 날렸다
너의 집 앞에서 무너지는 시간들이 많아졌고,
너에게 침몰되어 버린 일상은 좀처럼 수면 위로
떠오르지 않았다

결국 불길은 잡혔지만, 가슴만 애태우던 시커먼
시간들은 지나가 버렸지만, 타다 남은 흔적들은
화상 상처에 알코올을 붓는 것처럼 아팠다
오래도록,

올봄에도 타다 남은 그루터기 같은 가슴에
꽃잎은 떨어지고, 아직 아물지 않은 상처는

꽃잎조차 아프다

꺼진 줄 알았는데 희미한 불씨 몇 개 살아있어

그리움으로 피어올랐다 꽃잎과 함께 사라진다

봄마다 내 가슴에 꽃잎이 떨어지고,

저 깊은 심연에서 불꽃이 피어오르면,

아, 나는 어찌 살까

불씨마저 꺼버릴 방법이 없는데,

벚꽃나무 아래

오늘도 아득히 그대를 만난다

무성영화 같은 기억 저편에서,
낡은 필름의 스크래치(scratch) 같은
그 시절, 거기서

아지랑이 피어오르고 하늘이 푸르던 날,
꽃비가 색종이처럼 뿌려지던
벚꽃나무 아래,
수백 번 숨을 쉬고 겨우 한마디
말더듬이처럼 고백하던 날,

정지된 화면처럼
내 인생은 거기서 멈춰버렸는데,

오늘도 그대는 어디서 행복한가

먼저 있는 사랑

느끼지 못해도
의식하지 못해도
시간은 가고
죽음은 오고 있습니다

느끼지 못해도
의식하지 못해도
사랑은 먼저 있습니다

엄마의 사랑 느끼기 이전에도
그 사랑은 먼저 있었습니다
신(God)의 사랑 깨달아 알기 이전에도
그 사랑은 먼저 있었습니다
느끼는 순간부터 사랑이 시작되는 것이 아닙니다

사랑은 느낌 이전, 의식 이전의 일입니다
사랑은 모든 것보다 먼저 있는 것입니다

당신과 내가 서로를 의식하기 이전에

영혼 깊은 곳에서 우리 사랑은 이미

겨울 동백처럼 피고 있었던 것입니다

사랑한다는 것은

사랑은 정의(定義)가 안 돼요
사랑이 정의가 되는 순간
그건 사랑이 아니에요
우리는, 사랑이 무엇인지 모르지만
사랑한다는 것은 알아요
마치 바람이 보이지 않아도
바람을 느낄 수 있는 것처럼

그대가 날 사랑한다는 것을 알겠어요
바람처럼 알겠어요
내가 그대 사랑한다는 것을 그대가
조금이라도 알았으면 좋겠어요
사랑이란,
조금과 전부가 차별 없이 서로를 포함하는 것이죠
그러니 조금이라도 알면 좋겠어요

그대가 내 사랑 알면, 나 그대 가슴에 들어가
쉬지 않고 부는 바람이 되겠어요
그대가 내 가슴에 불어오는 것처럼,

사랑한다는 것은, 출구가 없는 가슴에서

서로를 향하여 영원히 부는 바람이 되는 것이죠

꽃잎 떨구는 울음

몇 해 전 그대 떠나던 날 나는,
사람이 사람을 부르는 영혼의 울음을
밤새 울었다

다시 아지랑이 들녘에 꽃은 피어나고
봄 햇살이 바람에 날려 흩뿌려지고
얼굴들마다 꽃향기에 물들어
봄의 축복을 누리며 사랑을 노래할 때,
그리움이 힘겹고 힘에 부쳐서
내 영혼 깊은 곳에서는
북소리 같은 울음이 다시 솟아오른다

올봄도 그대 없이 꽃만 피는 것이라면,
봄의 등을 떠밀며 소리치겠노라
'봄' 어서 가라고, 어서 가라고,
꽃잎 떨구는 울음을 밤새워 울겠노라

바람이 불어오니

스르르 바람이 불어오니
스르르 가을이 오네

노오란 가을이 오고
빨~강 가을이 오네

그리운 바람이 불어오니
그리운 가을이 서럽고

쓸쓸한 바람이 불어오니
쓸쓸한 가을이 뚝뚝 떨어져
쌓이네

그랬습니다

바로 올 수 있는 길,
한참을 돌아서 왔습니다
달이 하도 밝아서 그랬습니다

바로 말할 수 있었는데,
한참을 기다리다 말했습니다
그대 마음 하도 고와서,
고운 말 생각하다 그랬습니다

바로 얼굴 마주볼 수 있었는데,
한참 고개 떨구다가 보았습니다
그대 얼굴 하도 귀하여서
두 눈을 눈물에 씻느라 그랬습니다

제2부

과부하(過負荷)

가로등 아래서

큰길 거리에는 불빛이 어지럽고 휘황하다
골목길을 몇 번 꺾어서 좁은 길에 접어들면
오래된 가로등이 밤새 힘겹게 빛을 뿌린다
가로등 불빛 아래 숱한 사연들이 오래된 눈처럼 굳어있다
사람들이 흘린 눈물은 아직도 마르지 않고,
담배꽁초는 여전히 탄피처럼 나뒹굴고,
가로등 밑에서 뱉어 놓은 한숨들은 바람과 섞여서
큰길 거리로 나갔다가 휘황한 불빛에
부딪혀서 되돌아오고,
술 취한 사람은 꼭 가로등 밑에서
소리를 지른다

아침노을이 건물 사이를 비집고 골목길에도 찾아오면
가로등 불빛은 하얗게 사라지고
발자국 소리만 바쁘고 거칠게 골목길에 울린다
터벅터벅 느린 발걸음이 다시 골목길을 되돌아오면
가로등에 불이 낮은 조도로 켜지고, 골목의 집들은
어제보다 조금 내려앉은 채로 침침한 불을 켜고,

새로 걸어놓은 어느 정치인의 현수막을 보면서

이제는 형편이 좀 펴질 것 같다고 생각할 때,

오늘도 가로등은 탕약을 짜듯 힘겨운 빛을 성글게

발산하며 지나는 사람들의 처진 어깨에 내려앉는다

가로등 아래서 우리는 만났고

가로등 아래서 우리는 헤어졌다

가로등 아래서 나눈 숱한 밀어들은 아직도

가로등 아래서 눈발처럼 맴돌고,

가로등 아래를 지날 때마다 큰길 거리 불빛 속으로

사라져버린 너를 아직도 나는 원망한다

불면(不眠)

가을도 가고

하늘이 텅 비었을 때

새 한 마리 하늘을 날아서 어디론가 가버리고

가을과 겨울 사이 날 선 밤공기의 칼끝에

마음이 날카롭게 베어져 어쩔 줄 몰라

창가를 서성거리며 무심한 어둠을 무심코 바라볼 때

수많은 글자들이 책 속으로 제자리를 찾아 가버리고

생각과 상상들이 느린 걸음으로 제 곳으로 흩어져

모든 사유(思惟)들이 원점이 되었을 때

사소한 빛과 소리들이 뇌 속에서 사라지지 않아

온밤 내내 잠들지 못하고

백열등같이 창백해진 머릿속이 중력을 못 견뎌

심연 깊음 속으로 처박혀버릴 때

시계 초침 소리는 점점 커지고 온몸의 세포들이

절인 배추처럼 축 늘어지고 숨이 약해지고 코르티솔 분
비가

증가되고 새벽이 실핏줄처럼 밝아올 때

긴긴밤의 모욕 앞에 무릎 꿇고 머리를 침대에 처박을 때

스르르 밝아오는 빛을 거스르며 어둠 속으로
자맥질하여 죽음보다 아픈 잠속으로 빠져들 때,

다시 창문을 열면
잔뜩 기다렸던 공기와 햇빛이 강한 압력으로
일시에 밀려들어와 공간을 가득 채우며 사정없이
영혼을 후려치며 흔들어 놓을 때
하늘이 다시 꽉 채워진 느낌이 들 때
날아갔던 새 한 마리가 나의 창으로 되돌아올 때
다시 호흡이 깊어지고 심장이 박동 칠 때
기도보다 절실하게 살고 싶을 때
슬픔보다 큰 사랑이 얼굴을 어루만질 때,

밥상

꽃다운 시절 시집와서 밥상 차리다
좋은 세월 다 보낸 아내,
하루 세 번 밥상 차리다 허리가
휘어져버린 아내,
나는 그 밥 먹고 살았네
당연한 것인 줄 알았는데
꼬박 세끼 차리는 여자도 없고,
평생토록 꼬박 세끼 챙겨 먹는 나 같은
사람도 없다는 걸 나중에야 알았네
그래도 아내는 끼니때마다 밥상에
꽃을 피웠네, 진심과 정성의 꽃을 피웠네
가끔 젖어있는 꽃잎도 못 본 채 눈치도 없는
무심한 나는, 그저 꽃은 절로 피는 줄 알았네
그저 쉽게 피는 꽃인 줄 알았네
나는 그 꽃 먹고 살았네
사랑과 수고로 아내가 피운 꽃,
그 꽃 먹고 살았네
밥상 차리다 밥이 되어버린 아내

밥상 차리다 꽃이 되어버린 아내
나는 평생 아내를 먹고 살았네
아내를 먹고 내가 살았네

낡은 책

책장에 꽂혀 있는 저 낡은 책들 속에서 나는 숱한 밤
얼마나 맑은 때론 쓰디쓴 샘물을 마셨던가
얼마나 밝은 혹은 어두운 빛을 보았던가
얼마나 희망을 꿈꾸었으며, 얼마나 절망하였던가
얼마나 씨앗을 뿌리며 거두어 왔던가
폐까지 들어오는 종이 먼지처럼
내 존재 깊숙이 들어와 나를 세우며,
나를 무너뜨렸던 낡은 책 속의 글들,
오래 묵어서 발효되어 내 영혼에서
무르익은 저 낡은 책 속의 무수한
글들이여!
나는 오늘도 누렇게 떠버린 빛바랜 책 속에서
새싹 하나로 돋아나는 흐려진 활자들을 보며
내 영혼에 다시 씨를 뿌리리라
내 생애에서 열매를 못 본다 한들,
나는 씨를 뿌리며 가꾸리라
홀로 다짐하는 가슴에
낡은 책들이 먼지를 툭툭 털고 일어서며

일제히 불을 켠다

마음이 대낮처럼 환해진다

힘이 있을 때 말을 해야지

운동장 가에 집이 있어서 아이들 떠드는 소리를
하루 종일 듣는다
종일 저렇게 재잘거리고 웃고 떠들고
소리 지르는 힘은 어디에서 나오는 걸까
나이 드신 어른들은 칠십 년, 팔십 년을 살아서
할 말이 태산같이 쌓여 있을 텐데 말이 없다
아이들은 고작 몇 년 살았는데 하루 종일
무슨 말을 저렇게 쉬지 않고 하나

말은 지식과 경험이 많다고 하는 게 아닌가 보다
말은 힘이 있어야 하는 것이구나
말은 힘이로구나
힘이 있을 때 좋은 말 많이 해야지
힘이 있을 때 사랑한다고 말해야지
인생 오래 살아서 깨달은 것 많아도 힘이 없으면
한마디도 못 하게 된다

아, 결국 그 말 한마디도 못 하고 죽는구나

사랑한다는 그 흔한 말도 못 하고 사람 죽을 때
말도 함께 죽는구나

그래, 힘이 있을 때 말을 해야지

과부하(過負荷) 1

그대 향한 내 사랑은 과부하에 걸려있어요
사랑에는 breaker(전류차단기)가 없어요
그대 멀리서 뒷모습만 봐도 내 가슴엔
spark(스파크)가 일어나고, 그대 눈빛만 봐도
쿵쾅거리는 심장은 전압(V)이 높아져서
나는 감전되어 버려요

우리 사랑이 흐르는 전선 용량이 더 커지지 않으면
내 마음은 뜨겁다가 불타서 녹아버릴 거예요
그대 제발, 더 큰 암페어(A)로 통과할 수 있도록
그대와 나 사이의 사랑의 전선 굵기를 조금만 더 크게
해 주세요 우리 사랑 더 잘 흐를 수 있도록 그대 마음
조금만 더 열어주세요 순전한 우리 사랑이 저항(Ω) 없이
흐르도록 마음을 조금만 더 열어요

우리 사랑의 전력(W)이 극대화되어 어둠이 조금도 없는
푸르고 밝은 사랑의 빛을 영원히 밝히도록,
우리 서로 연결된 마음을 더 굵은 사랑의 전선으로

배선해요. 우리 사랑의 회로가 멈추지 않도록

내가 늘 깨어서 지킬게요

아, 당신을 향한 내 마음은 과부하에 걸려있어요

과부하(過負荷) 2

누전인가, 과부하인가
브레이커(breaker)가 뚝 떨어져 전원이 나가버리니
온 집안이 정전이 되어버렸다
보일러가 안 돌아가 집 안이 춥고,
온수도 안 나오고, 냉장고 음식도 다 무르거나 상한다
밥솥도, 티브이도 그 어떤 것도 안 된다
집 안은 온통 컴컴하고 희미한 촛불 하나 힘겹게
약하게 어둠을 밀며 흔들린다

지금 내 모습이 그렇네
너와 연결된 선이 약하여 항상 가슴 졸였는데
내 마음에 먼저 과부하가 걸려 너와 나 사이에
전원이 나가버리니, 너는 안타까이 그러나
단호하게 떠나버렸고,
전원이 나가버린 나의 모든 기능은 마비가 되어
깊고 슬픈 어둠 속에 잠겨버렸다

오늘도 나는 과부하로 타버린 초라한

전선 한 가닥을 붙잡고, 힘겨운 촛불처럼

어느 어둠 속에서 슬픈가

하늘을 나는 물고기

검은 바다에서 물고기가 뛰어오른다
처음부터 뛰어오르지 않은 물고기도 있고
한번 뛰어오르고 깊이 가라앉은 물고기도 있고
계속 뛰어오르는 물고기도 있고,

물고기 몇 마리 뛰어올라 하늘에 풍덩 빠지더니
하늘을 헤엄치고, 하늘색으로 물들고, 하늘 물고기 되고,
밤이면 바다 위에 빛나는 별이 된다

하늘을 헤엄치고 싶은 물고기도 있고
별이 되고 싶은 물고기도 있지만
그건 신화라고, 전설이라고,
검은 바다가 파란 바다 되기 전에는
절대로 안 된다고, 천지개벽을 해도 그런 일은 없다고
검은 바다에서 살아야 된다고, 현실을 받아들이라고,

그 위대한 교훈을 가슴에 새기며
물속이 주는 안전함 속에서, 안일하게, 뛰어오르기를 멈추고

먹이를 찾아 무리 지어 다니던 물고기들이

그물에 걸려, 낚싯줄에 걸려

바다 밖으로 던져질 때 비로소 하늘을 날고,

숨 막혀 죽어가는 하늘에서 비로소 바다는

이미 파랗다는 것을 안다

모래밭과 세상

우리들은 모래밭에서 오후 내내 놀았다
저녁놀이 붉게 물들면 모래밭에다 배를 내밀고
자랑스럽게 오줌을 누고 집으로 돌아갔다
모래밭에서 놀 때마다 그렇게 하고 돌아갔다
왜 그랬는지 모르겠다 사내아이들의 영역표시인가

어른이 되어 세상에 살다 보니 그때가
생각나 가슴이 쓸쓸해지며 소태 같은 웃음이 나온다
사람들은 세상에서 하루를 보내고 밤이 되면,
우리가 모래밭에다 오줌을 누듯이
세상 욕하며 집으로 돌아간다
날이 밝으면, 우리가 모래밭을 다시 찾듯이
욕하던 세상에서 또 하루를 보내고 또
그렇게 돌아간다

아이들이나 어른들이나 세상사는 건 다 똑같다
뒹굴던 곳에 오줌을 누고 다시 그곳에서 뒹군다
세상에 자기 영역을 확보하려 안간힘을 쓰면서,

그 세상에 대고 욕을 하고, 그 세상에 대해

간절하고, 다시 욕을 하고, 욕하던 세상을 또 사랑한다

인생의 놀이 질 때까지 그렇게 한다

그리고 돌아간다. 각자 집으로,

눈물 같은 비

낮과 밤이 교차되듯이
통증과 거뜬함이 교차되고
기쁨과 슬픔이 교차되고
절망과 소망이 교차되고
믿음과 좌절이 교차되고
어디에 나의 깃발을 꽂을 것인가,
봄에 내리는 흔적 없는 눈처럼, 밤에 내린 비에
져버린 꽃잎처럼, 마구 흔들리는 마음은,
어두웠다가 밝았다가
낮이었다가 밤이었다가
끝이었다가 시작이었다
뜨거웠다가 차가웠다가
어디에 나의 깃발을 꽂을 것인가,
방전되어 꺼져가는 화면처럼, 다 타버린 촛불의
밑동처럼, 기운 잃은 노인 같은 마음은,
평지였다가 계곡이었다
산이었다가 들판이었다
높았다가 낮았다

가까웠다가 멀었다

어디에 나의 깃발을 꽂을 것인가,

어디에다 나의 깃발을 꽂고 내 생의 원점(原點)과

초점(焦點)을 삼고, 내 남은 생명과 고독과 그리움과

사랑을 쏟아부을 것인가

아직도 어지러이 지그재그로 길을 가며

방황하는데, 아스팔트 바닥에 길게 긁힌

쓰라린 상처처럼, 몸도 마음도 익숙해진 고통밖에는

기억하지 못하고 흔들리는데,

봄비가 하늘에서 며칠째 눈물처럼

슬프게 내려 땅을 적신다

어느 누구의 눈물 같은 비에 내가 젖는다

불(火) 꺼진 등(燈)만 들고

사람들은 태어날 때 등불 하나씩 가지고 태어난다
그 등불을 켜서 어둠을 밝히며 살아간다
어느 순간 등불이 꺼지고 어둠이 익숙해지면
불 꺼진 등(燈)을 대문에 매달아 놓거나,
헛헛한 마음으로 들고 어두운 밤거리를 쏘다닌다
서로 부딪히고 걸려 넘어져도 원인을 모른다
당신 때문이라고, 정신 똑바로 차리라고,
서로 고함만 질러댄다

사람들은 자기 불이 꺼져있는 줄 모른다
마음에, 양심에, 인격에, 지성에…
불 꺼진 등을 든 타인만 조롱하고 비난할 뿐이다
저런 사람들 때문에 세상이 어둡다고 애석해한다

사람들은 죽을 때까지 잔뜩 치장한 등(燈)을
높이 들고 자기의 인생을 자랑스러워한다
오래전에 불은 이미 꺼져버렸다는 것도 모른 채,
빛도 없는 어두운 등을 흔들며 높은 자리로 오른다

사람들의 마음이 이미 싸늘하다는 것을 혼자서만
모른 채,

바지랑대

바람이 심하게 부니
바지랑대가 넘어져 빨래가
여기저기 나뒹군다

내 마음의 바지랑대,
그대 홀연히 떠나니
수천 조각난 내 마음이
여기저기 나뒹군다

무엇을 어찌해도 주워 모을 길 없다

숨

삶과 죽음 사이,
한숨이 있다

숨은, 파도처럼 죽음을 밀어내다
마지막 한숨마저 힘을 잃어버리면,
삶은 사라지고 죽음만 남는다

기~인 한숨 쉬어본다

마지막 한숨까지 몇 번의 숨이 남았을까
한숨 한숨이 사라져 가는데
마지막 한숨까지 무엇을 할 수 있을까

아, 숨 속으로 눈물이 스며들고,
이제부터 인생이 숨 가쁘겠구나

꽃보다 못하게 인생이 지네

임 집사님 입원한 병원에 다녀왔다
정신도 또렷하고 목소리도 힘이 있는데
먹지 못해서 몸에 기운이 없단다
집으로 다시 돌아오기는 어려울 것 같다
자식 여럿 있어도 모실 자녀가 없다네
집에 가고 싶다 해도
병원에 그냥 있으라고 한다네

봄인데, 봄이 왔는데
붉은 벽돌집 앞마당 목련에 꽃몽우리 맺혔는데,
다시는 못 볼 것 같다
올봄에는 백전 벚꽃 구경도 못 갈 것 같다
봄꽃처럼 활짝 피었던 시절 있었을 텐데
세월에 날려 인생 꽃잎 떨어지려 하니
자식들도 귀찮아하는 서러운 눈물 되어
꽃보다 못하게 인생이 지네

꽃보다 사람이 귀한 것인데
꽃보다 못하게 인생이 지네
텔레비전만 혼자 떠드는 병실에서
꽃보다 못하게 인생이 지네

잠시

인생은 잠시 있다 사라지는
아침 안개 같은 것인가

잠시 산 것 같은데
한평생이 가고 있네

잠시만 그리울 줄 알았는데
평생을 그리워하고 있었네

잠시인 줄 알았는데 일생이었네

제3부

마지막 기억

신의 침묵(Silence of God)

가장 혹독한 형벌이거나,

가장 강렬한 사랑이거나,

당신 앞에 나는 철없는 어린것,

그러니,

내가 알아들을 수 있는 말로 해
주시지요,

당신이 내게 왜 그러시는지,

당신 침묵의 애원(哀願)이 무엇인지,

은혜 아니면

아플 때, 아주 많이 아플 때
통증 너머 주님은 저 멀리 아득히 보이고
홀로 불안해하며 당황하며 통증 속에서
온몸을 비틀 때
홀로 몸부림치며 괴로워할 때
고통 외에는 아무런 의식이 없을 때
삶도 죽음도 생각할 수 없을 때
기도마저 사라지고
인생의 제로(zero) 지점에서 모든 것이
멈춰버렸을 때

나의 마지막 시선을 그분께
드릴 수 있을까
나의 마지막 호흡을 그분께
드릴 수 있을까
나의 마지막 고백을 그분께
드릴 수 있을까
나의 마지막 노래를 그분께

드릴 수 있을까
나의 마지막 눈물을 그분께
드릴 수 있을까

아, 인생의 마지막 한 줌도 주님의 은혜인데
은혜 아니면 마지막 한순간도 드릴 수 없는데
아픔도 통증도 은혜인데
죽음도 은혜인데
모든 것이 은혜인데
은혜 아닌 것이 하나도 없는데,

난치병(難治病)

몸이 점점 맘대로 안 움직여지니
인생이 부자연스럽네,
감정도 지성도 얼음장처럼 차갑게 굳어져 간다

몸의 움직임이 내가 원하는 대로 안 될 때,
비로소, 몸의 움직임이, 자연스럽다는 것이, 신의 은총
인 줄 알게 된다
손가락을 까닥할 수 있다는 것,
눈꺼풀을 깜박일 수 있다는 것,
얼마나 큰 은총인지 사람들은 모른다

나는, 내가 맘먹은 대로 움직이고
나는, 내가 원하는 대로 생각하는 줄 알았는데
그렇게 알고 살았는데,
그게 아니었네, 그게 아니었네,

하나님께서 허락하지 않으면,
움직임도, 생각도, 아무것도, 할 수 없다는 것을

이제야 깨닫는구나
다 하나님 은혜로 살았는데, 은혜인 줄 몰랐네
당연한 것인 줄 알았네, 당연히, 당연히 내가 원하는 대로
되는 줄 알았네

사람에게 당연한 것은, 당연한 것은, 단 한 가지도 없다
는 것을
이제야 알고 나니
모든 것이 다 하나님의 은혜라는 것, 그 한 가지 진리만
남게 되네

병이 들어서야 깨닫는 은혜가 있구나
병이 들어서야 간절해지는 은혜가 있구나
병이 들어서야 다 포기하는 은혜가 있구나
병이 내 몸에 심어놓은 은혜의 통로구나

아, 하나님
병을 주셔서라도 깨닫게 하시니 감사합니다

병을 주셔서라도 주님께 붙어있게 하시니 감사합니다
나를 잃어버리지 않으시려고, 늘 곁에 두시려고,
난치병을 주셔서 주님 외에 아무런 소망이 없게 하시니
감사합니다

당신 때문이었다

저 깊음,
죽음과도 같은 깜깜한 어둠 속,
아무것도 보이지 않는
아무것도 존재하지 않는 고통 속,
깊고 슬픈 절망의 동굴에 갇혀있을 때
희미하게 겨우 들려오는 소리들,

힘내세요,
희망을 가지세요,
꿈을 꾸세요,
이겨내세요,
용기를 잃지 마세요,

아, 응원하고 있었구나
고맙고 감사하다!

그러나,

말하지 않아도

소리치지 않아도

저 깊음, 어둠, 동굴,

그곳에

함께 우는 당신이 있었다

숨소리보다 더 여리게, 민감하게

내 곁에 당신이 있었다

내가 견딘 것은

바깥의 소리가 아니라

곁에서 함께 울어주던 당신 때문이었다

깜깜한 어둠 속에서

빛을 볼 수 있었던 것은,

깊은 동굴 속에서

하늘을 숨 쉴 수 있었던 것은,

오직, 유일한, 바로 당신 때문이었다

마지막 기억

기억이 점점 사라져 간다
기억 속에 인생이 담겨있는데
인생은 기억으로 사는 것인데,

과거의 기억을 잃으면
미래의 기억도 없고,
기억이 없으면 인생도 없는데,

기억이 다 사라져도
두 가지만은 꼭 기억하고 싶다
하나는 아내이고, 또 하나는 주님이시다

두 가지 중 하나의 기억만 남는다면,
그것을 선택하라고 한다면,

나는, 나는, 나는

아, 나는

마지막 기억 속에
주님을
두고 싶다

그대가 말해 주시게

아, 저 푸른 언덕에서 쉬고 싶다!

훗날 내가 보이지 않거든
그대가 말해 주시게

그 사람,
저 언덕 넘어 사랑하는 님에게로
돌아갔다고,

혹 누가 묻거든 일러 주시게

그 사람,
저 강을 건너 그리운 님 곁으로
떠나갔다고,

그대가 꼭 말해 주시게

그 사람,

인생의 눈물 그치고 사모하던 님에게로

돌아갔다고,

당신은 어디에 숨어 계신가요

인생 살아오다 어느 낯선 길에서
고난이란 것을 만났습니다
잠시 이는 풍랑인 줄 알았는데,
존재의 지반(地盤)을 침식시키며
사정없이 나를 흔들어 무너뜨리고,
또 무너뜨리고 있습니다
이제 거의 무너져버린 것 같습니다

한쪽으로 기울어진 주인 없는 집에
풀만 무성하듯이, 온갖 가시넝쿨과 엉겅퀴들이
우거졌고 기둥 하나 아슬아슬 버티고 있습니다
햇볕도 쬘 수 없고, 별빛도 볼 수 없으며,
바람은 그치고, 강물도 흐르지 않고
꽃도 피지 않는 참혹한 고통의 응달에서
봄은 지금 막 내 가슴을 짓밟고 지나가고 있습니다

희망과 절망이 반반이었을 때는 하늘을 쳐다보는
일이 많았었는데, 내 의식이 절망 쪽으로 기울어지면서

고개는 꺾여 땅으로 쏟아지고, 가슴에서 공명하던 소리도
가는 호흡과 함께 사라지고, 눈의 초점은 흐려지고,
대낮에 켜져 있는 가로등처럼 나는 스스로를 잊어가고
있습니다
의식을 의식할 수도 없고, 바닥을 알 수도 없는
캄캄한 해구(海溝) 속으로 점점 빠져가면서
나는 비명(悲鳴)도 지를 수 없는 존재의 해체(解體)를
경험합니다

스스로 '있음'이시며, 가장 크고 강하신 분이시며, 모든
것을
포함하고 계시며, 영원히 불변하시고, 완전히 의로우시고,
전능하시고 지혜로우시며, 영이시고, 사랑이시고, 빛이
시며,
오직 유일하시며, 무한하시며, 시작과 끝이시며,
세상을 창조하셔서 역사 속에 역동하시며, 인간의 몸으로
오셨으며, 전적으로 타락하고 부패한 인생들 대신
나무에 달려 그 피로 구속하시고,
새 하늘과 새 땅을 예비하신 당신은, 어디 계십니까

나를 존재케 하시고, 어둠과 악에서 건져내시고,

영원히 함께 가자시며 나를 부르셨던

당신은, 어디 계신가요

나는 오늘도 하루만큼 무너지고, 기울어지면서

허공에 창백한 손을 휘저으며, 어디선가 내미실 것 같은

당신의 손을 처절하게 기다립니다

내 손 잡아주소서

나를 일으키소서

나를 건져주소서

당신은, 어디에 숨어 계신가요

천국 가는 길

눈을 감으면,
빛이 보이고, 길이 보이고
눈을 뜨면,
현실이, 막막한 현실이 벼랑처럼 서 있고

또다시 눈을 감으면,
비전이 있고, 확신이 있고, 용기가 생기고
또다시 눈을 뜨면,
절벽이 있고, 산은 높고, 강은 깊고

인생은 눈을 감고 가야 한다
육신의 눈을 감고 영혼의 눈을 뜨고
절망의 눈을 감고 기도의 눈을 뜨고
세상에 눈을 감고 천국에 눈을 뜨고

인생은 눈을 감고 무릎으로 가는 길
눈을 감고 무릎으로 천국 가는 길!

병(病)이 은총일 때

내 몸에 아주 아픈 병이 있다
사람들이 평생 한 번도 앓아보지 못할
아주 귀한 병이 있다

선택받은 자가 아닌가?
아무나 병을 얻는 게 아니다

이 병 때문에,
얼마나 간절하며
얼마나 부서지며
얼마나 포기하며
얼마나 삶과 죽음을 생각하며,

오직 단 하나의 소망 외에 모든 것을
다 지워버리는,
땅의 모든 미련이 사라지고 날마다
하늘만 바라보게 하는,

이 병은,

정녕

은총이 아닌가?

고통을 넘어서라

고통은 언어다
고통의 언어를 들을 수 있을 때
사람은 성장한다
사람들은 고통을 회피하며
고통을 상쇄시킬 대용품을 찾는다
대용품은 중독의 형태로 나타나며
중독을 통하여 고통을 잊는다
그러면서 서서히 죽어간다
세상은 고통을 잊기 위한 시스템이 밤낮 가동되고 있다
고통을 느끼지 못하는 것이 죽어있는 상태다
살아있는 사람은 고통을 느낀다
고통과 싸우면서 의미와 가치들을 만들어 낸다
고통이 없으면 인생은 타락한다
산다는 것은 고통을 통과하는 여정이다
당신의 고통을 직면하라
회피하지 말라
고통을 견뎌내고
고통을 통과하고

고통을 넘어서서
저 영광의 언덕에 이르라
고통을 돌파한 당신에게 베풀어질
영원한 상(賞)이 있으리니

부정과 긍정

부정이 긍정이 되고
긍정이 부정이 되는
곳이 있다

십자가는
인간의 모든 것이 전적으로
부정되는 자리이다
예수가 죽어야만 되는,

십자가는
인간의 모든 것이 전적으로
긍정되는 자리이다
예수가 죽음으로써,

십자가는
인간의 부정이 긍정이 되고
인간의 긍정이 부정이 되는
자리이다

십자가는

부정과 긍정이 함께 죽고, 함께 사는

역설과 모순의 위대한 승리이다

예수의 죽음 때문에,

신앙이란?

신앙은 내 존재 전부로 신(God)을 받아들이고,
내 존재 전부가 없어지고 오직 신의 임재로 가득
채워지는 것이야
나는 없고 그분은 있고,
자의식은 없고 신 의식(神意識)만 있고,
내 의지는 없고 신의 의지만 있고,
내 감정은 신의 사랑과 너그러움으로 채워지고
내 삶은 온통 그분의 빛이 반사되고
그분의 영광이 나타나는 것이지

오직 신(God)만 있고 내가 없으면
나의 존재 의미는 무엇이냐고?

그건, 사랑을 한번 생각해봐,
사랑할 때 사랑하는 대상만 의식되고
사랑의 감정만 불타오르고
사랑하는 님이 기뻐하는 것이라면 다하고 싶고,
그 님이 내 삶을 다 채워버리잖아
사랑이기 때문이야

우리가 신(God)을 신앙한다는 것은,

십자가에서 그분의 사랑이 나를 삼켜버렸고,

사로잡아버렸기 때문에,

그 사랑에 내가 반응할 수밖에 없고,

오직 그분이 주신 사랑, 그것을 드러내는 것밖에는

다른 건 없는 것이야

타락한 내 자아, 내 존재에는 선한 것이 하나도

없기 때문이지

그분이 주신 사랑, 그 사랑을 받은

그만큼(in put) 사랑할 수 있는 것이지(out put)

그러므로 신앙이란,

내가 신을 위해서 무엇을 하는 것이 아니라

그분이 나를 사랑하시도록 나를 맡겨드리는 거야

그분이 나를 사랑하시도록 나를 허락하는 거야

신의 사랑에 온전히 맡겨져 내 존재에

신의 사랑만이 가득 채워졌을 때

그 사랑이 향기로 흘러나오는 것이 신앙이야

내 영혼의 옥합을 깨트렸을 때 사랑의 향유가
흘러나와 향기로 진동하는 것이지

신앙이란,
삶의 주도권이 그분께 넘겨지는 것이고
그분만 바라보는 것이고
그분만 따라가는 것이고
그분만 드러나도록 나를 쳐서 복종시키는
치열한 싸움이야
신앙은 정체된 어떤 상태가 아니라
거룩과 화평을 위한 내 삶의 역동이야

우리 함께 이 거룩한 신앙의 길을 걸어가자!
하나님의 사랑이 내 존재를 덮어버리도록,
내게 남는 건 오직 그분 사랑밖에는 어떤 것도
없는 사랑의 순례자가 되자!
우리의 걸음마다 그분의 십자가 피 묻은 사랑이
흐르는 복된 인생의 여정이 되자!

아, 성도들과 함께 가는

이 영광스러운 길이 얼마나 가슴을

벅차오르고 감격스럽게 하는지!

제4부

유일한 그대

꽃들에게

꽃잎 하나 열려고
밤을 새운 것이냐

함빡 웃는 나의 미소 보려고
밤새워 애를 쓴 것이냐

슬픈 나의 마음에 그렇게
환희를 주고 싶었던 거냐

그래서 밤새워 피고 있었던 거냐
별보다 더 그립게 피었던 것이냐

봄날의 집

봄날 한 날 한 날을 잘 살아야 한다
누에가 실을 뽑아 고치를 만들듯이
우리는 봄의 한 올 한 올을 가장 아름답게 뽑아
봄날의 집을 잘 지어야 한다

인생의 봄날은 가고,
늦가을 같은 쓸쓸한 황혼녘이 찾아와도
내가 지었던 봄날의 집,
그 속에 절절히 살아있는

꽃과 하늘, 태양과 바람, 얼굴과 얼굴들,
사랑과 이별, 기쁨과 슬픔,
그 그리움의 노래들이
내가 가는 그 길에서 울려 퍼질 것이기에,

추억 깊은 봄날의 집 그곳에서
인생의 마지막 미소 지을 것이기에,

그대의 창에서

나의 봄을 앗아간 황사가 밉다
올해는 미세먼지까지 힘겹다
춥고 긴 겨울을 참고 기다렸는데
나의 봄은, 나의 꽃들은 누런 하늘에
맥없이 사라지고,

창틀 먼지를 닦으며
창문에 붙어있는 꽃잎 하나 본다
힘겹게 매달려 떨고 있었구나
아, 내게로 들어오고 싶었구나

조심스럽게 꽃잎을 떼어 아주 두꺼운
책갈피에 고이 넣어 놓는다
눈물이 난다

내가, 내가 그대의 창 앞에서 얼마나
초라하게, 오래도록 서 있었는지,
어느 때면 그대의 마음에 나를 드릴지,

저 꽃잎처럼,

그대의 창에서 나는 슬프다

구월을 기다리며

구월이 오면
나는 달려가리라 고향 바다로
모든 바다가 내 한 점으로 빨려오듯
자맥질했던 그곳에서
내 시선이 그대로 아직도 머물고 있는
수평선을 바라보며
내 고달프고 서러웠던 울음을 토해 내리라

구월이 오면
나는 광화문 네거리에서 종로3가까지
천천히 걸어보리라
내 젊은 날 어지럽게 무너져 내렸던
방황의 뒤안길을 더듬어 보리라
그 시절 건물, 그 시절의 카페 하나
남아있지 않겠지만
내 부서진 꿈의 조각들을 모아보리라

구월이 오면

나는 아내와 처음 만났던 그 넓은
예배당을 찾아가리라
바다 같은 사랑을 말했지만
한 움큼도 못 되는 사랑으로
살아가는 시간들을 늘 서걱거리게 했던
초라한 내 사랑을 참회하리라

구월이 오면
나는 기도하리라
지나간 세월들이 너무 아파서,
남아있던 가슴마저 다 닳아버렸는데,
올가을도 많이 아플 것 같아
조금만 아프게 해달라고
가장 간절한 마음으로 기도하리라

지는 꽃들에게 부탁

사명을 다하였구나
그래서 뒷모습도 아름답구나

부끄럽구나
나의 뒷모습이 너만 같지 않아서

너희는 어느 별로 돌아가느냐
일러주면 내 밤마다 나가서
오래도록 바라보겠노라

혹, 내가 사명을 다하여 이 땅에서 사라졌어도
또 봄이 오면, 밤하늘 가득한 별처럼
내가 섰던 그 자리에 그리움으로 한가득
피어 주겠느냐

누군가가 내 자리에 대신 설 때에
그를 위해서도 한가득 아름답게 피고 지고
해주겠느냐

오월은

어린 시절엔 가슴 터질 듯 설레는
오월이었습니다

세파에 찌든 지금도 오월이 설레는 것은
꿈결 같은 어린 시절이 가슴 한편에서
아직도 서성이기 때문입니다

어린 시절의 기억, 그 수심(水深)만큼
사람은 행복합니다

사람은 늙어서도 그 시절 생각하며
그리워서 울고, 서러워서 웁니다
그 시절 그리다 세상 떠나갑니다

오월은,
어린 시절이 다시 살아나게 하는
신의 선물입니다
눈부셨던 그 시절을 다시 만나는
그리운 눈물입니다

사랑과 상처

상처 없는 사랑은 존재할 수 없는 것
사랑은 상처를 먹고 자라가는 것
사랑은 상처를 가슴 깊이 품는 것
사랑은 상처를 눈물로 덮는 것
상처를 그리움으로 감싸 안는 것
두고두고 기억할 흔적으로 새기는 것

사랑이 깊을수록 상처도 커가는 것
상처가 클수록 사랑도 깊은 것
그래서 사랑은 한없이 아픈 것
아픔으로 비로소 사랑을 느끼는 것
아픔으로 사랑을 인식하는 것
사랑은 상처를 남기고
상처는 사랑을 기억하는 것
상처로써 사랑을 붙잡아 두는 것

사랑은 이 모순을 끌어안고 사는 것

유일한 그대

바람에 날려간 꽃잎처럼
시냇물에 떠내려간 꽃잎처럼
그대는 떠나가 버렸다 꽃잎 되어

내가 슬픈 한 해를 또 견디는 것은,
바람은 꽃잎을 다시 가져오고
시냇물도 꽃잎을 다시 싣고 올 것이기에,
행여 그대도 다시 올까 하여

그리움에 힘겹고 기다림에 슬퍼도,
꽃잎이 꽃잎을 부르고
꽃잎이 새 하늘을 여는 그 날,
그 순간까지 기다리라

기억 속의 봄과 함께 다시 올 그대를
내 생에 유일한 그대를

그리움만 붙잡고

말할 수 있었던,
붙잡을 수 있었던,
놓쳐버린 그때 그 시간,
한 번 더 올 줄 알았는데
그렇게 믿었었는데,

스치는 순간순간이 곧 마지막임을
깨닫는 이 순간마저 머물지 않음을
왜 몰랐던고,

아, 그러나 알았다 한들
흐르는 인생을, 흐르는 사랑을
어찌 가둬둘 수 있었겠는가
흐르는 눈물처럼, 흐르는 강물처럼 흘려보내고
어차피 그리움만 붙잡고 살아갈 것을

무엇이 나올까

아직 11월인데 벌써 이렇게 추워서야

내 나이 아직 중년인데 벌써 이렇게 추워서야

불같은 젊음, 뜨거웠던 시절 내게도 있었지만
벌써 이렇게 춥구나

인생은 한 번 뜨거웠다 사라지는,
한 번 불붙고 꺼져가는
유성 같은 것인가

단 한 번 울기 위해 가슴에 가시를 박고 죽어가는
새가 있다

내 삶이 가시처럼 아팠던 것은
이렇게 단 한 번 울기 위해서였나
이렇게 단 한 번 뜨겁기 위해서였나

쓸개에 염증이 생긴 병든 소에서
우황(牛黃)이 나온다고 했던가

평생 고난에 몸부림치던 내게서
무엇이 나올까
작은 별 하나 나올 건가
고통을 이긴 진주라도 나올 건가

봄빛

봄빛이 점점 눈부시다
봄꽃도 이제 눈부시겠지
너만 돌아오면
올봄은 완전하겠다

자주 문을 열어 멀리 내다본다
봄빛 속에 봄꽃 같은 네가 올까 봐

시인에게 묻다 - 선우미애 시인에게

시가 좁은 가슴속으로 들어와
나를 자꾸 흔듭니다
흔들리는 나는 힘겨운 울음으로
가느다랗고 희미한 시를 하나 겨우 건져 올립니다
누구나 시를 쓸 수 있지만, 모두가 시인이 되는 것은
아닌가 봅니다

시인은 누구이며,
시인의 어떠함은, 어떠해야 되는 것입니까
시인은 은유 속을 얼마나 헤집어야 됩니까
시인은 텍스트(text)와 콘텍스트(context) 사이에서
얼마나 괴로워해야 하는 것입니까
시인은 구체성과 추상성 사이에서 얼마나 혼돈해야
하는 것입니까
시인은 삶의 자리(Sitz im Leben)도 시(詩)여야 합니까
시인은 왜 고독합니까
시인의 그리움은 무엇입니까
시인의 사랑은 아픈 것입니까

시인은 왜 시인입니까

시인은 왜 시인이어야만 했습니까

시인은 시인일 것입니까

묘비명에 '시인'이라고 쓰실 것입니까

흔적

그대, 떠나며 말했지요
바람이 불면 잠시 흔들리지만
사라지면 흔적도 없을 거라고

아, 그게 아니라는 걸
그대를 보내고 알았습니다
아주 크고 센 바람은 참혹한 흔적 남긴다는 것을,
나무도 뽑히고, 지붕도 벗겨지는
그런 바람도 있다는 것을

그대는 가장 크고 센 바람이었어요
숱한 세월이 흘러도 아직도 복구되지 않는,

그대가 남긴 흔적 지우다, 무너진 곳 복구하다
봄의 맨 마지막에 떨어지는 저 꽃잎처럼
내 인생은 그렇게 지겠지요
그대 없는 흔적에다가 눈물만 떨구겠지요

제5부

다윗의 고백

다윗의 고백 1

별이 노래가 되었다
내가 노래할 때마다 별들이 합창했고
별들과 함께 노래할 때면
양떼들이 들었다
양들에게
별 하나씩을 주었다
별이 된 양 틈에서 잠들곤 하였다

아침노을이 들판과 양떼들을 붉게 물들이고
아침 공기의 신선함이 언덕을 부드럽게
감싸 안으면
나는 하늘보다 깊은숨을 쉬며
나의 주님께 노래를 부른다
내 노랫소리 울려 퍼지면
이슬에 젖은 풀잎들이 저마다의 소리로
노래를 하고 어느새 바람은
춤추며 허공을 맴돌고
양떼들이 일제히 울음소리로 합창을 한다

양떼를 풀어놓고
나는 짱돌을 주워 모아 물맷돌 연습을 한다
아버지의 양떼들을 잘 지키고 싶다
양을 한 마리도 잃고 싶지 않다
어떤 사나운 짐승이 와도,
밤이 오면 별이 되고 아침이 되면 함께
주님께 노래할 내 친구 양떼들을
지켜내고 싶다

저녁노을이 어둠 속에 평안하게 안기고
다시 별들이 빛나기 시작하면
나는 집이 그립다
엄마 아빠가 보고 싶다
외롭고 그리운 밤이 별과 함께 반짝일 때
흐르는 눈물을 닦으며 나는
큰 소리로 엄마, 아빠를 불러 본다
내 소리는 저 깊은 어둠 속으로 사라지고
고요한 적막만이 내 주변에서 서성거린다

눈물 한 방울 쪼록 흐르면
주님의 이름을 가만히 불러본다
여호와 하나님!
마음이 뜨거워지고 안심과 평안이 내 영혼에
깃들면
밤하늘의 별들이 일제히 반짝이고
양떼 몇 마리 큰 소리로 운다

나는 양 틈에서
하늘을 한참 바라보다가
스르르 잠든다
그리운 미소를 띤 채

* 배경: 아버지의 양을 치며 목동으로 지내던 다윗의 어린 시절

다윗의 고백 2

분노가 불을 뿜듯 치솟았다
온몸이 떨리고 돌을 꽉 움켜쥔
오른손은 달구어진 쇠처럼 뜨거웠다
내 마음은 담력과 용맹스러움으로
가득 채워졌고
주님께서 내 마음을 강하게
해주셨다

존재하는 그 누구도 나의
하나님을 모욕할 수 없다
적(敵)이 그럴 때는 반드시 크신 내 주님의
이름 앞에 쓰러뜨려야 한다
누가 만군의 여호와 하나님을 모욕하는가

과연 크고도 크고 험상궂고 우악스럽다
누구든 겁먹을 만하고 감히 나설 수 없을 것 같다
이스라엘 장수들은 다 숨어버렸다
나를 힘들게 한 것은 바로 이것이다

하나님이 안 계신가
하나님은 전쟁과 상관없는 건가
믿음은 어디 갔는가
이스라엘의 하나님을 모욕하는 저놈 앞에
나설 자가 한 명도 없는 건가
답답하여 숨이 막힐 것 같다

주님께서 양치기의 마음을
용사의 마음으로 바꿔주셨다
크고 험상궂은 그놈이 양을 움키러 온
짐승만도 못해 보였다
물맷돌을 들고 빙빙 돌리며
원수를 향해 달려나갔다
나의 주님께서 말씀하신다
"다윗, 내가 함께하는 것 알지?
네 실력 보여줘"

나는 여호와 하나님의 이름을 부르며

물맷돌을 날렸다

태산같이 큰 놈이 쿵 하고 통나무 쓰러지듯이

맥없이 쓰러진다

놈의 머리를 베고 하늘을 쳐다보았다

군사들의 함성이 귓전에 울렸지만

주님의 음성이 더 또렷하게 들렸다

"다윗, 잘했어!"

어두운 밤 외로운 가슴으로 별을

헤아릴 때 주님은 내 가슴에 별을

가득 담아주셨다

뜨거운 햇볕 아래서 양을 몰며

고단할 때 주님은 내 가슴에 그리운

햇빛 한줄기 보내주셨다

양을 지키며 짐승들과 싸울 때

주님은 내 가슴에 용사의 용맹을

심어주셨다

나는 어두운 밤에도, 뜨거운 낮에도,
짐승이든 사람이든
나의 주님을 위해서 싸울 것이다
주님의 양들을 위해서 싸울 것이다
이스라엘 사람들은 승리로 인해
기뻐하지만
나는 나의 하나님으로 인해
한없이 기쁘다
오늘 밤에는 별들과 양들과 함께 더 크게
노래 불러야겠다

여호와 하나님!

* 배경: 사무엘상 17장

다윗의 고백 3

수풀 속에 숨어서 불안한 가슴을 진정시키며
밤하늘의 별들을 바라보니 하염없이
눈물이 쏟아진다
주님, 당신은 어디 계신가요

별들이 반짝이고
밤공기 싱그럽고
고요함이 차분히 내려앉고
양들이 잠들었을 때
나의 노래를 기뻐하시며
웃으시던 그리운 당신은
어디 계신가요

험악하고 우악스런 거인 앞에서
용사의 용맹스런 마음을 주시고
물맷돌로 거인을 쓰러뜨리고
머리를 베게 했던
나는 만군의 여호와 하나님이라

일러주시며 나와 함께
하리라 말씀하셨던 당신은
어디 계신가요

나는 지금
두려움과 불안이 엄습하고
목마르고 배고프고 춥고
지치고 피곤하고
외롭고 처량하고
내 영혼은 군급하고
사망의 그늘이 나를 뒤덮고
죽음과 나는 한 발짝 거리밖에
안 되고 가장 희미한
별 하나만큼만 한 희망도
안 보이고…
아, 나는 당신이 아니었다면
죽음을 향하여 한 발짝 옮겼을
것입니다

피가 마르고

뼈가 삭고

심장이 울리고

몸은 떨리고

목은 타고

홍수처럼 죽음의 세력이

몰아치는데

더 이상 도망할 곳도

없는 이 광야에서

아, 당신은 나를

버려두십니까

처절한 고통 속에서 밤하늘의 별은 몇 번이나

뜨고 졌는지

언제까지입니까

어느 때까지입니까

끝이 안 보이는 불같은 고난의

동굴에서 숨조차 쉴 수 없는

도피의 수렁 속에서

나는 당신의 부재를 느끼며 이렇게
죽어가고 있습니다

나의 주 여호와 하나님이여
나의 노래를 기억하여 주소서
나의 고백과 간구를
들으소서
당신의 부재가 사막의 고독처럼
내 영혼을 덮어도
나는 당신의 약속을
붙잡고 있습니다 당신께서 내
가슴속에 담아두셨던 별들이 아직도
희미하게 빛나고
있습니다
골리앗을 쓰러뜨릴 때 집어 들었던 그 돌의
촉감이 아직도 느껴지며
불 꺼진 창 같은 가슴 한쪽 구석에서
작은 뜨거움이 모락거리고 있습니다

여호와 하나님이시여
이렇게 처참해도 나는 당신을 그리워하고
있습니다
지금 광야의 황량함 속에서 비에 젖은 새처럼
가장 불쌍하게 쫓겨 다녀도
당신의 임재의 기름부음이 내 영혼에 넘칠
그날만 바라며 죽음 같은 고통 속을
비틀거립니다
여호와 하나님이여
죽음이 우글거리는 광야의 저 끝에서
기다리십니까
이대로 죽음의 골짜기를 지나라
하십니까
내 견딤의 끝은 어디입니까
견딤이 무너지면 죽음
바로 그곳인데
내 죽음을 기다리십니까
내가 죽기까지 기다리십니까

그래서 저 잔혹한 사람들로 나를
몰아붙이십니까

양 틈에서 별을 보며 부르던 소싯적 나의
노래를 기억하여 주소서
나는 오직 당신의 말씀만 기억하며
혹독한 죽음의 광야를 견뎌냅니다
당신을 기억하며
죽음 속을 이렇게
지나갑니다

나의
여호와 하나님이여!

* 배경: 다윗이 사울의 추격을 피하여 광야에서 도망 다닐 때

다윗의 고백 4

사람들은 죄가 나쁜 것인 줄 알지만
죄를 사랑한다
죄는 쾌감을 주기 때문이다
죄를 짓고 난 후에도 애통함보다는
죄를 숨기기 위해서 모든 방법이 동원된다
죄가 죄를 낳고 또 죄를 낳고
거짓이 거짓을 낳고
속임이 속임을 낳고
헝클어진 실타래처럼 죄는
수천 가닥으로 꼬이고
시작도 끝도 없는 죄 덩어리가 된다
죄가 숨겨져 발각이 안 되면
안도의 한숨을 내시며 어둠 속에서
깨어진 양심은 미소를 짓는다

죄는 공허할 때, 무료하고 적적할 때
삶의 중심축이 자기중심으로 옮겨졌을 때
자기를 위하여 짓는다

죄는 항상 자기를 위하여 짓는다
그것이 파멸인지도 모르고,
나도 그러했다
나의 용사들이 전쟁터에서 싸울 때
나는 무료함을 달래기 위해서
한가로이 왕궁 테라스를 거닐다가
한 여인을 보게 된다

아담과 하와는
선악과를 *보았을 때*에
먹음직도 하고, 보암직도 하고, 지혜롭게 할 만큼
탐스러웠다
노아 홍수 전에
하나님의 아들들이 사람의 딸들의 아름다움을 *보고*
원하는 대로 아내를 삼았다
아간은
여리고성에서 귀한 물건들을
보고 탐내어 가졌다

죄는 *보는 데서* 시작된다

안목의 정욕은 육신의 정욕을 자극하고

세상의 자랑과 허영을 위해 살게 한다

내가 그 여인을 보았을 때

육신의 정욕이 발동되었고

나는 활화산처럼 솟아오르는 정욕 때문에

여호와 하나님도

전쟁터의 내 백성들도

내 존재도

잊어버리고 죄가

주는 순간의 쾌락에 나를

던져버렸다

아, 쾌락이 끝나버린 순간 나는

죄를 가리기 위해서 얼마나 전전긍긍하며

무디어진 양심으로 더 큰

죄를 지었던가

죄가 죄를 부르고, 죄는 얼마나 더 큰

죄를 불러왔던가

내 마음에 별을 담아주시고
노래를 주시고
그리움을 주시고
용사의 용맹함을 주시고
죽음의 광야를 통과하게 해주시고
왕으로 높여 위엄을 떨치게 하신
사랑하는 나의 여호와 하나님,
그분의 목전에서 이런
더럽고 악한 죄를 짓다니
그분이 다 보고 계신데 나는 진땀을
뻘뻘 흘리며 죄를 숨기려고 얼마나
황폐해진 영혼으로 사악한 잔꾀를
부렸던가

아, 하나님
나는 어떤 벌을 받아도 합당합니다
죽음에 던져져도 당연합니다
지난 세월 걸었던 죽음의 광야보다 더

혹독한 고난이 몰아닥쳐도 아무런
할 말이 없습니다
평생을 울어도 그 눈물로 씻지 못할
죄를 지었습니다
나는 죄 중에 잉태되어 죄 가운데
출생하고 죄 가운데 살았습니다
죄가 항상 내 앞에 있었습니다

나의 하나님 여호와여
입을 열어 감히 용서를 구하기 민망하오나
간구하오니
주의 얼굴을 내 죄에서 돌이키시고
내 모든 죄악을 지워주소서
내 죄를 도말하시고 씻어주소서
내 속에 정한 마음을 창조하시고
내 안에 정직한 영을 새롭게 하소서
하나님의 아름다운 임재 안에서
내 영혼 다시 즐거이 주님을 노래하게

하소서
왕이신 나의 하나님
내가 주를 높이고 영원히 주의 이름을
찬양하도록 나를 새롭게 하소서

내 가슴에 다시 별이 빛나고 주님을
그리워하며 사무치는 마음으로 주님을
찬양할 수 있도록 은혜와 자비를
베푸소서

나의 주 하나님 여호와여!

* 배경: 사무엘하 11장 1절~12장 15절, 시편 51편

다윗의 고백 5

별이 멀어진다
양떼들의 울음소리도 멀어진다
광야가 아스라이 스쳐 지나가고
눈물이 쭈룩 흘러 침상을 적신다
아, 내가 왕이었던가
여호와 하나님이 왕이신 것을

아, 아름다웠다
주님께서 함께하신 내 인생
복 되도다 정녕
나는 열조에게로 돌아가고
사모하는 그리운 님을
만나는구나
여호와 하나님을!

메시아가 내 혈통으로 오셔서
다스리시는 영원한 나라여
하나님의 나라여

만왕의 왕이여
만유의 주시여
영원히 영광을
받으소서!

아멘!

* 배경: 열왕기하 2장 10~11절

바디메오의 고백 - 예수

"다윗의 자손 예수여"
내가 부르짖었을 때 그는 내게로 와
나의 빛이 되었다

빛이 없다는 것은 단순한 어둠이 아니다
인생의 비참함이며 영혼의 가장 깊은 공허이다

나는 멸시, 천대, 학대를 받았고, 처참했고,
조롱거리였다, 죄인으로 저주받은 자로 정죄됐다
늘 배고프고 목말랐다 늘 쓰러지고,
몸도 마음도 아픈 상처로 저리고 저렸다

내게 남은 오직 마지막 단 하나의 유일한 이름
'예수'를 내가 불렀을 때, 빛이 임하고
하늘이 열리고 어둠은 사라졌다

평생 부르며 살아야 할
나의 빛

예수

내가 부를 마지막 이름
예수

하늘 문 앞에서 내가 부를 이름
예수

하늘나라에서도 내가 영원히 부를 이름
찬양할 이름,
그 이름

예수!

* 배경: 마가복음 10장 46~52절

혈루증 여인의 고백

바싹 마른 낙엽처럼 나는 막 바스러지는 몸이었습니다
피를 쏟고 또 쏟아서 생명의 빛이 마지막 불꽃처럼
꺼져가고, 내 영혼은 절망의 절벽 앞에서 날마다
눈물도 말라버린 울음을 죽음처럼 흐느꼈습니다

가족도 돌아서고, 친구들도 떠나고, 물질도 빼앗기고
인생도 무너진 햇빛 하나 없는 사망의 그늘에 주저앉아
고통의 시간을 심판처럼 받으며,
텅 빈 공허와 외로움 속에 포위당하고 질병에 결박된 채
처절하고 무참하게 조각조각 나고 있었습니다

열두 해의 세월이 고난 속에서 증발되고
마지막 한 방울 남은 생명이 이슬처럼 똑 떨어져 가는
생의 마지막 순간에 그분의 옷자락을 만졌습니다
단 한 번, 오직 한 방울 남은 생명의 기운을 오직
그분을 향해 뻗쳤습니다

마지막 기대, 마지막 희망, 마지막 방법,

마지막 유일한 내게 남은 단 한 번의 기회,
인생의 끝 그 마지막 종점에서,
인생의 마지막 계단에서 그분을 만졌습니다
그 옷자락을,

순간 강렬하고 강력한 또한 부드러운 힘이
내 안으로 들어왔고, 혈루 근원이 말랐고,
치유가 일어났고, 영혼이 꿈틀거렸고,
"딸아 네 믿음이 너를 구원하였으니 평안히 가라…"
그분 음성을 들었을 때, 나는 살아났고,
내 영혼은 소생되었고, 나는 평강의 새 삶을
살게 되었고, 사랑을 알게 되었고, 그분이 그리스도인
것을
알게 되었고, 복음이라는 것을 알게 되었고,
그분이 '예수'인 것을 알게 되었고,

예수는,
내가 마지막 부를 이름,

구원의 이름, 치유의 이름, 능력의 이름,

예수는,

하나님의 독생자!
그리스도!
만왕의 왕!

예수는,

아, 나의 영원한 주님!

* 배경: 마가복음 5장 25~34절

나병환자의 고백

별빛이 눈물 속에서 굴절되어 슬픔으로
번져나가고, 차디찬 바닥에 외로움을 깔고 누워
죽음보다 깊은 서러움을 토할 때, 흉측하게 뭉그러진
서로의 얼굴을 볼 수 없는 밤이 좋을 때,
비로소 피딱지가 되어버린 헌데 같은 가슴속의 말들을
하나씩 하나씩 꺼내어 놓는다

어린 시절 이야기, 가족 이야기, 친구들 이야기,
병든 이야기 나누다 차마 다 못하고 각자 돌아누워
잠을 청할 때, 예수란 청년이 병 잘 고친다고,
가르침이 서기관과 다르다고 소문이 퍼졌는데,
그 사람에게 가보자고 하다가, 쓸데없는 소리 한다고
조롱받던 젊은 나병환자, 나는 그 곁으로 다가가서
그가 들었던 이야기들을 밤늦도록 듣고
잠을 잘 수가 없었다

가슴이 뜨거워 잠 못 이루고 밤의 적막을 겨우
견딘 나는 서둘러 길을 나섰다

이곳저곳 찾아 헤매며 예수를 만나려고 애쓰고 애쓰다가
산에서 내려오는 무리 한가운데 틀림없는 '그'를 발견했다
머뭇거리면 사람들이 돌을 던질 것이다

하여, 나는 그분 앞으로 순식간에 달려가 엎드려
숨을 가쁘게 몰아쉬며 "주여, 원하시면 저를 깨끗하게
하실 수 있나이다"라고 큰 소리로 외쳤다
그분이, 나병으로 문드러지고 피고름이 아직 흐르는
내 몸에 손을 대시며 말씀하셨다
"내가 원하노니 깨끗함을 받으라"

아, 머리로부터 발끝까지 얼음물을 부은 것처럼
시원해지며, 맑은 물로 누군가가 나를 씻기는 것
같았다
아아, 나병이 사라졌다. 말씀대로 깨끗해졌다.
나병과 함께 외로움도, 절망도, 고통도 사라졌다.

누구인가?

흉측한 나병에 손을 대시는 분,
말씀 한마디에 나병이 사라지게 하시는 분,
아아, 정녕 이분이 메시아인가
하나님의 그리스도인가
예수, 당신이 정녕 '그분'이십니까

나는 깨끗케 되었네!
질병의 속박을 벗어던지고 자유케 되었네!
해방되었네!
예수는 그리스도이시네!
그분이 나를 고쳤네!
내 영혼 구원하였네!

예수,
그분이 나의 주님이시네!

* 배경: 마태복음 8장 1~4절

마태의 고백

내가 원하는 건 돈이다
돈이라면 거짓과 학대와 억압, 착취, 그 무엇이라도
나는 할 수 있다
나의 위로는 돈이다
나는 돈으로부터 삶의 안정감과 힘을 얻는다
금맥을 찾는 광부처럼 돈을 찾아 이른 곳이
세관이요, 세리가 되는 것이었다
매국노든, 지탄을 받든, 무엇이든 괜찮다
돈이면 다다

그랬는데, 돈을 벌었는데, 돈이 못하는 것도 있네
영혼의 공허와 죽음의 문제는 해결해 주지 못하네
내 마음에 쌓인 죄책감과 상처는 돈으로도 해결이
안 되네
내세와 심판의 두려움은 돈으로 어찌할 수 없구나
아, 돈 밖에 모르는 인생을 살아왔는데
이제는 무엇을 어찌해야 될지 모르겠다
불면의 밤은 쌓여가고 괴로움은 납덩어리처럼
내 영혼을 짓누르는구나

그날도 세관에 앉아서 불안한 하루의 일과를
시작할 때에,
그분이, 몇 번을 뵈었던 그분이 나를 찾아왔네
웬일 인지 가슴은 뛰고 나는 어쩔 줄 몰라 하는데
"나를 따르라"고 부르신다
나는 거의 반사적으로 일어나 그분을 따라나섰고
집으로 모셔 정성을 다해 음식을 대접했네

바리새인들이 세리와 함께 식탁에서 음식을
잡수신다고 그분을 비난을 할 때, 내 가슴에는 분노와
두려움, 수치심이 동시에 일어났고 깊은 좌절을
느낄 때, 그분이 하신 말씀이, 그분의 말씀이
내 영혼을 흔들었고, 나는 그분이 메시아임을
알았네

"건강한 자에게는 의사가 쓸 데 없고 병든 자에게라야
쓸 데 있느니라
너희는 가서 내가 긍휼을 원하고 제사를 원치 아니하노라

하신 뜻이 무엇인지 배우라 나는 의인을 부르러 온 것이
아니요 죄인을 부르러 왔노라"

아, 이 말씀을 들을 때의 감동과 감격, 영혼의 떨림이란,
나는 그분이 그리스도인 줄 알게 되었네
그리스도 예수이시네
나는 그분을 주님으로 모셔 들였고 평생을
따르기로 했네
십자가, 부활, 성령강림 이후에 나는 그분이
만왕의 왕이심을 알았고, 그분의 복음을
기록했네

예수는 왕이시네
예수는 그리스도시요 하나님의 아들이시네
예수, 그 이름으로 구원을 받네
예수, 오직 예수시네!

* 배경: 마태복음 9장 9~13절

도마의 고백

나는 합리주의자입니다
나는 회의주의자였나요
이성적인 사람인가요

보지 않고는 믿을 수 없는
보고도 믿지 못하는

믿으면 비로소 보게 되는
믿으면 비로소 알게 되는

믿음은 바라는 것들의 실상
믿음으로만 오직 볼 수 있는

그 믿음의 눈을 뜨기까지
당신 떠난 후에도
안 보여도
믿음으로 보는, 사는, 죽는

믿음으로만 갈 수 있는 길
십자가
믿음으로만 맞이할 수 있는
부활
믿음으로만 만날 수 있는
주님

손과 옆구리 상처가 안 보여도
믿음으로 주님
상처 내 마음에 품는
믿음

* 배경: 요한복음 20장 24~25절

스데반의 고백

돌이 유성처럼 하나둘 날아들더니, 별이
쏟아지듯이 날아든다
돌 하나가 주님께 침 뱉음
돌 하나가 모욕, 돌 하나가 조롱, 돌 하나가 채찍 한 번
돌 하나가 채찍 두 번…
돌 하나가 가시 하나, 돌 하나가 또 가시 하나…
돌 하나가 못 하나, 돌 하나가 둘…
돌 하나가 창…

나의 주님 이렇게 아프게 처참하게
맞으셨구나
죄 없으신 주님께서 온갖 죄 뒤집어쓰고
외롭게 고통스럽게 죽으셨구나
무참히 날아오는 죄악의 돌덩이에 맞으셨구나
모든 사람 다 불같이 화내며 비웃으며
있는 힘 다해 돌을 던졌구나
이를 갈면서
구세주를 매달아 놓고 돌을 던지고,

화살을 쏘고, 창을 던지고, 못을 박고
온갖 악하고 못된 짓을 다 했구나

영광이로다
내 주님 이름 위해 죽을 수 있다니
주님가신 길 따를 수 있다니
구주 예수 보좌에서 일어서셔서
내 죽음 지켜보고 계시니
영광이로다
저들을 용서해 달라고 외칠 수밖에
없구나

차가운 바닥 고꾸라진 내 몸 위로
분노의 돌이 날아와 쌓여도
마지막 숨 내뿜을 때도
영광이로다

구주 예수 위해서 죽으니

영광

한없는 영광이로다!

주님 예수 앞에 바쳐진 내 생명,

영광, 영광, 영광일세!

* 배경: 사도행전 7장 54~60절

발문

꿈꾸는 시인의 고요와 신앙적 심미안
- 하얀 눈물꽃으로 그린 시, 마지막 기억

선우미애 (시인)

시(詩)는 눈에 그려지는 그림이다. 새로이 창조되는 환영(幻影)이다.

그래서 시인은 바람 부는 벌판에서 짐승처럼 혼자 울부짖기도 하고, 그 울음소리에 놀라 고막이 찢어지는지도 모른다. 천지를 뒤흔드는 울음소리를 의연하게 시(詩)로 변(化)하게 하는 게 시인(詩人)이다. 시인은 매 순간 시인이 머물던 자리마다 사유의 산책자가 되어 눈물꽃으로 그림을 그린다.

윤오병 시인의 시(詩)를 읽어 내려가다 보면 시인(詩人)의 작품 세계와 마주하게 된다. 편편이 쏟아지는 그의 작품에서는 정결한 숨소리부터 천지를 울리는 통곡 소리까지 들린다. 그래서 독자로 하여금 외줄의 쓸쓸함으로부터 웅장하고 아름다운 세계를 맛보게 하고, 마주 보아 가슴 치게 하여 끝끝내 하얀 눈물꽃을 만나게 한다. 독자들은 윤오병 시인의 시(詩)를 타고 빛나는 물결 위에서 금세 백조의 날개 같은 춤꾼이 되기 시작한다. 이러한 바람 실은 시(詩)는 도대체 어디에서 나오는 것일까?

시인의 시(詩)에 귀 기울여 보자.

> 겨울밤이 하도 고요하여
> 창문을 여니
> 웬 눈이 저렇게도,
>
> 저 오렌지빛 가로등 아래 휘몰아치며
> 내리는 눈은 바이올린 소리 같지 아니한가요?
> 가로등 뒤편 희미한 어둠을 헤치며 내리는
> 눈은 첼로 소리 같이 아니한가요?
>
> 땅에 은총이 내리는 눈 오는 밤
>
> 가난한 사람들의 창가에 내리는 눈은
> 그 선교사가 불던 오보에 소리 같지
> 아니한가요?

「눈 오는 밤」 전문

시인은 눈 내리는 밤 하도 고요하여 창문을 열게 되었고, 그날 밤 눈 내리는 풍경을 시로 노래했다. 가로등 아래 휘몰아치는 눈(雪)이 바이올린의 현악 소리로 들려오게 되는 것은 가히 윤오병 시인(詩人)만이 상상해 내는 선율이라 할 수 있겠다. 또한 가로등 뒤편에서 희미하게 어둠을 헤치는 눈(雪) 또한 놓치지 않고, 첼로 소리의 아름답고 고즈넉한 소리를 찾아내는 솜씨에서 시인(詩人)만의 시적 감수성을 여지없이 찾아낼 수 있다.

어디 그뿐인가! 시인이 노래했듯이 아름다운 겨울밤의 풍경은 땅에 은총이 내리는 밤이라고 했다. 겨울밤의 풍경이지만 따스하다. 가난한 사람들의 창가에 내리는 눈은 무엇보다 더 아름답고 더 황홀하고 따끈한 구들장 같아 손이라도 데일 듯하다.

그날 그 선교사가 불던 가브리엘 오보에 소리가 들려와 사랑을 전해주어 깊은 감동을 주는 눈 내리는 밤이 상상된다.

추운 겨울밤에 생명의 눈꽃을 피우게 하는 시인의 힘은 어디에서 나오는 것인가?

다음 시(詩)를 통하여 시인의 내면세계로 들어가 보자.

소복하게 쌓인 하얀 눈 위로 아침 햇살이 비칠 때
우리의 마음은 얼마나 따듯했던가
차마 그 눈길 위를 걸을 수 없어서
한참을 바라보기만 하였지
잠시 후 누군가의 발자국이 눈길을
헤치고 지나가 버리면
아아, 탄식하며 가슴 아파했었지

내 가슴속에도 수많은 발자국들이 있는데,
나는 그 발자국들을 아침 햇살에 빛나는 눈처럼
따듯하게 대하리라
발자국의 주인공이 어디에서 무얼 하든지
나의 가슴을 얼마나 아프게 했든지 간에
나는 따듯하게 대하리라

그들이 나를 밟음으로
나는 깨어지고, 성숙해졌으니
내 인생에서 다 필요했던 스승들이 아니었겠는가
나는 그들의 발자국을 내 가슴에 고이 품고 가리라
그때의 가난했던 마음 잊지 않기 위하여
나도 누군가의 가슴, 밟지 않기 위하여
아침 햇살 비치는 눈처럼 따듯하기 위하여

_「따듯하기 위하여」 전문

시인에게는 아직도 쉽게 아물지 않는 상처가 있음을 알
수 있다. 살아가면서 유독 시인만 그러겠는가! 누구에
게나 가슴에 밟힌 상처가 있고, 그 상처가 아물지 않아
아파하며 살아가는지도 모를 일이다. 하지만 시인에게
서는 詩「따듯하기 위하여」를 통하여 그 상처를 치유해
가는 과정을 엿볼 수 있다.

소복하게 쌓인 눈 위로 아침 햇살이 비치듯 따듯한 시
선으로 삶을 느껴가고 있다. 자신의 가슴에 밟힌 상처로
인해 아파했지만 시인은 시(詩)를 통하여 그 상처에서
꽃을 피워낸다. 그리고 그들은 시인을 더욱 성숙하게 하
고 깨어지게 하는 인생의 스승이라 부르지 않는가! 그
들을 가슴에 고이 품고 시인도 역시 누군가를 밟거나 상
처를 주지 않기 위해 따듯한 시선으로 삶을 바라보게 되
는 것은 누구나에게 오는 축복은 아닌 것이다.

이렇듯 시인은 그의 내적 고요에서 평안을 찾으며 확고
한 신(God)적 사랑의 의미를 닮아가게 되는 것이다.

느끼지 못해도
의식하지 못해도
시간은 가고
죽음은 오고 있습니다

느끼지 못해도
의식하지 못해도
사랑은 먼저 있습니다

엄마의 사랑 느끼기 이전에도
그 사랑은 먼저 있었습니다
신(God)의 사랑 깨달아 알기 이전에도
그 사랑은 먼저 있었습니다
느끼는 순간부터 사랑이 시작되는 것이 아닙니다

사랑은 느낌 이전, 의식 이전의 일입니다
사랑은 모든 것보다 먼저 있는 것입니다

당신과 내가 서로를 의식하기 이전에
영혼 깊은 곳에서 우리 사랑은 이미
겨울 동백처럼 피고 있었던 것입니다

_「먼저 있는 사랑」 전문

시인은 위 시(詩)에서 이웃 사랑을 가르친 예수의 사랑
을 실천하고자 하는 마음을 담고 있다. 참으로 따듯하기
위하여 나를 버릴 줄 안다. 어쩌면 그것은 느낌 이전, 의
식 이전의 일이라고 시인은 명명한다.

당신과 내가 서로를 의식하기 이전에/ 영혼 깊은 곳에서 우리 사랑은 이미/ 겨울 동백처럼 피고 있었던 것입니다 (「먼저 있는 사랑」)라고 시인은 노래했듯 사랑은 한겨울에도 아랑곳하지 않고 온 겨울을 붉게 물들일 태세를 하고 있다. 혹독한 겨울 추위에 곱고 붉게 피어나 사랑을 듬뿍 받는 동백꽃은 시인의 겸손함과 낮은 마음에서의 기다림인지 모른다. 그것은 햇살 머금은 창가에서의 그리움이며, 바쁜 일상으로 가는 마음의 쉼표이며, 흐르는 바람처럼 머무는 구름처럼 시인이 태어나기 훨씬 이전의 숭고한 사랑일 것이다. 그것은 시인이 말하고자 하는 달빛 아래 바이올린 소리처럼, 첼로 소리처럼, 가브리엘 오보에의 소리처럼 은은한 선율로 흐르는 숭고한 사랑일 것이다. 시인은 이러한 사랑을 그리워하고 기다리면서 심미안의 꽃을 피워간다.

그뿐만 아니라, 시인은 간절한 그리움들을 모아 노래가 흐르게 한다. 그것은 신(God)의 음성을 듣는 기쁨인 것이다. 이토록 시인의 시(詩)들을 하나하나 읽다 보면 독자들은 짐작하게 될 것이다. 시인은 더할 수 없는 고통에 시달리는 병을 가지고 있다. 이 병으로 인하여 더욱 고독해져서 몸부림치듯 고백하고, 때로는 원망하는 감정을 분출하기도 한다. 그러나 결국 시인은 근심, 걱정,

병마를 마음속에 간직하지 않고 털어버리고 있다는 것을 알 수 있다. 그리고 정말 괜찮을 만한 기억들을 보듬어 시(詩)를 쓴다. 여기 시인에게 충분히 소중했던 기억을 고백하듯 쓴 아름다운 시(詩) 한 편 옮겨본다.

꽃다운 시절 시집와서 밥상 차리다
좋은 세월 다 보낸 아내,
하루 세 번 밥상 차리다 허리가
휘어져버린 아내,
나는 그 밥 먹고 살았네
당연한 것인 줄 알았는데
꼬박 세끼 차리는 여자도 없고,
평생토록 꼬박 세끼 챙겨 먹는 나 같은
사람도 없다는 걸 나중에야 알았네
그래도 아내는 끼니때마다 밥상에
꽃을 피웠네, 진심과 정성의 꽃을 피웠네
가끔 젖어있는 꽃잎도 못 본 채 눈치도 없는
무심한 나는, 그저 꽃은 절로 피는 줄 알았네
그저 쉽게 피는 꽃인 줄 알았네
나는 그 꽃 먹고 살았네
사랑과 수고로 아내가 피운 꽃,
그 꽃 먹고 살았네
밥상 차리다 밥이 되어버린 아내
밥상 차리다 꽃이 되어버린 아내

나는 평생 아내를 먹고 살았네
아내를 먹고 내가 살았네

_「밥상」전문

시인은 밥상을 차리다 좋은 시절 다 보낸 아내를 생각했
다. 아내를 "밥상을 차리다 밥이 되었던 아내, 꽃이 되었
던 아내"라고 노래했다. 그리고 시인은 평생 아내를 먹
고 살았노라고 고백한다. 아내의 사랑과 수고로 지금의
시인이 있기까지 지난날을 더듬어 내며 시인은 아내의
체온을 기억해 냈고, 그 사랑을 기억해 냈다. 그 기억은
색칠하지 않았음에도 형형색색 아름답다. 연분홍 꽃잎
들이 담담하게 시인의 밥상에서 반짝이지 않는가!
그런 시인에게 어느 날, 사랑은 과부하(過負荷)가 걸리
게 된다.

그대 향한 내 사랑은 과부하에 걸려있어요
사랑에는 breaker(전류차단기)가 없어요
그대 멀리서 뒷모습만 봐도 내 가슴엔
spark(스파크)가 일어나고, 그대 눈빛만 봐도
쿵쾅거리는 심장은 전압(V)이 높아져서
나는 감전되어 버려요

_「과부하(過負荷) 1」부분

이것은 비단 세상에 주어진 삶에서의 사랑만을 노래하는 것은 아닐 것이다. 사랑하는 아내와 가족에게 보내는 신호이면서 시인이 믿고 의지하는 사랑이며, 신(God)과의 연결선이 끊어지지 않기 위한 간절한 기도이며 다짐이다.

누전인가, 과부하인가
브레이커(breaker)가 뚝 떨어져 전원이 나가버리니
온 집안이 정전이 되어버렸다
보일러가 안 돌아가 집 안이 춥고,
온수도 안 나오고, 냉장고 음식도 다 무르거나 상한다
밥솥도, 티브이도 그 어떤 것도 안 된다
집 안은 온통 컴컴하고 희미한 촛불 하나 힘겹게
약하게 어둠을 밀며 흔들린다

지금 내 모습이 그렇네
너와 연결된 선이 약하여 항상 가슴 졸였는데
내 마음에 먼저 과부하가 걸려 너와 나 사이에
전원이 나가버리니, 너는 안타까이 그러나
단호하게 떠나버렸고,
전원이 나가버린 나의 모든 기능은 마비가 되어
깊고 슬픈 어둠 속에 잠겨버렸다

오늘도 나는 과부하로 타버린 초라한

전선 한 가닥을 붙잡고, 힘겨운 촛불처럼
어느 어둠 속에서 슬픈가

_「과부하(過負荷) 2」 전문

누구에게나 마지막은 오고야 마는 것을 시인은 미리 체
감하고 있다. 그래서 시인은 삶을 되돌아보고, 지금 시
인이 붙들고 있는 것은 무엇인가를 생각한다. 그것은 과
부하로 타버린 초라한 전선 한 가닥이었다가 그 전선마
저 나가버릴까 불안하다.

마지막으로 시인이 잡고 있는 끈은 시인의 원점(原點)
과 초점(焦點)인 것이다. 시인은 그것을 부여잡고 나머
지 남아있는 생명과 나란하게 마주한다. 슬프지만 단호
하게!

시인은 아프다. 가시나무의 핏자국이 시인의 이마로 흐
르고 있다. 그래서 시인이 사랑하는 신(God)께 몸부림
치며 아프지 않도록, 아니 고독에서 견딜힘을 달라고 애
원하는 날 봄비가 하늘에서 눈물처럼 흘러내렸음을 고
백한다. 그것은 하늘의 생명수이다.

시인은 삶의 근원적 목적을 위해 숨을 쉬고 기도로 호흡을
하는 사람이다. 시인은 그가 숨 쉬는 삶을 이렇게 노래한다.

삶과 죽음 사이,
한숨이 있다

숨은, 파도처럼 죽음을 밀어내다
마지막 한숨마저 힘을 잃어버리면,
삶은 사라지고 죽음만 남는다

기~인 한숨 쉬어본다

마지막 한숨까지 몇 번의 숨이 남았을까
한숨 한숨이 사라져 가는데
마지막 한숨까지 무엇을 할 수 있을까

아, 숨 속으로 눈물이 스며들고,
이제부터 인생이 숨 가쁘겠구나

「숨」전문

누구나 깊은숨을 들이마셨다가 내쉬는 숨을 자주 쉬곤
한다. 그것은 한숨이라 이름하고 긴 호흡이라 말하기도
한다. 시인은 이것을 "삶과 죽음의 사이"라고 노래했음
에 놀랍다. 그렇지 않은가! 우리는 이런 한숨을 얼마나
내불고 들이마시며 초조한 삶을 지금까지 이어왔던가!
이런 한숨으로 인하여 생명 활동에 필요한 힘을 얻기도

하고 때로는 심중의 서러움을 얼마나 토해냈던가!

그런데 시인은 지금 아프다. 그것도 너무나 아프다. 육신의 몸에 이상이 생겨 몹시 괴롭고 고통스럽다. 그래서 시인이 의지하고 믿는 절대자, 신(God)께 무릎이 닳도록 기도를 한다. 그러나 그 기도가 하늘에 닿을 듯 말 듯 애간장 녹인다.

바람만 불어도 신(God)께서 들려주는 음성인가 하고 귀를 기울인다. 안개인지 구름인지 구분할 수 없는 막막한 현실 앞에서의 몸부림으로 시인은 신(God)께 기도의 버튼을 누르며 초인종을 울린다.

　　가장 혹독한 형벌이거나,

　　가장 강렬한 사랑이거나,

　　당신 앞에 나는 철없는 어린것,

　　그러니,

　　내가 알아들을 수 있는 말로 해
　　주시지요,

　　당신이 내게 왜 그러시는지,

당신 침묵의 애원(哀願)이 무엇인지,

_「신의 침묵(Silence of God)」 전문

마음을 비우고 내려놓았는데, 그러나 신(God)께서는 지독하게도 대답이 없으시다. 통증 너머 저 멀리 아득히 보일 뿐이다. 시인의 몸부림은 얼마나 간절했을까! 얼마나 괴로웠을까! 시인은 신의 침묵(Silence of God)에 대하여 왜 그러시는지 묻고 싶어 한다.

그러나 시인은 스스로 듣지 못했을 뿐, 신(God)은 언제나 시인에게 함께하신다는 믿음 또한 확실하다. 그것은 그의 다음 시를 보면서 알 수 있다.

아, 인생의 마지막 한 줌도 주님의 은혜인데
은혜 아니면 마지막 한순간도 드릴 수 없는데
아픔도 통증도 은혜인데
죽음도 은혜인데
모든 것이 은혜인데
은혜 아닌 것이 하나도 없는데,

_「은혜 아니면」 부분

시인은 아픔도 통증도 주님의 은혜라고 노래하며 은혜
아닌 것은 하나도 없음을 고백했다. 이것은 시인이 주님
의 사명을 임명받은 채 따라야 하는 의식적 고백과는 사
뭇 다르다. 시인이 시(詩)에서 고백했듯 그것은 느낌 이
전, 의식 이전의 일이었는지 모를 일이다. 시인은 분명
침묵 속에서 들려오는 목소리를 들었을 것이다.

> 몸이 점점 맘대로 안 움직여지니
> 인생이 부자연스럽네,
> 감정도 지성도 얼음장처럼 차갑게 굳어져 간다
>
> 몸의 움직임이 내가 원하는 대로 안 될 때,
> 비로소, 몸의 움직임이, 자연스럽다는 것이, 신의 은총인 줄
> 알게 된다
> 손가락을 까닥할 수 있다는 것,
> 눈꺼풀을 깜박일 수 있다는 것,
> 얼마나 큰 은총인지 사람들은 모른다
>
> 나는, 내가 맘먹은 대로 움직이고
> 나는, 내가 원하는 대로 생각하는 줄 알았는데
> 그렇게 알고 살았는데,
> 그게 아니었네, 그게 아니었네,
>
> 하나님께서 허락하지 않으면,

움직임도, 생각도, 아무것도, 할 수 없다는 것을
이제야 깨닫는구나
다 하나님 은혜로 살았는데, 은혜인 줄 몰랐네
당연한 것인 줄 알았네, 당연히, 당연히 내가 원하는 대로
되는 줄 알았네

사람에게 당연한 것은, 당연한 것은, 단 한 가지도 없다는
것을
이제야 알고 나니
모든 것이 다 하나님의 은혜라는 것, 그 한 가지 진리만
남게 되네

병이 들어서야 깨닫는 은혜가 있구나
병이 들어서야 간절해지는 은혜가 있구나
병이 들어서야 다 포기하는 은혜가 있구나
병이 내 몸에 심어놓은 은혜의 통로구나

아, 하나님
병을 주셔서라도 깨닫게 하시니 감사합니다
병을 주셔서라도 주님께 붙어있게 하시니 감사합니다
나를 잃어버리지 않으시려고, 늘 곁에 두시려고,
난치병을 주셔서 주님 외에 아무런 소망이 없게 하시니
감사합니다

　　　　　　　　　　　　　_「난치병(難治病)」전문

내 몸에 아주 아픈 병이 있다
사람들이 평생 한 번도 앓아보지 못할
아주 귀한 병이 있다

선택받은 자가 아닌가?
아무나 병을 얻는 게 아니다

이 병 때문에,
얼마나 간절하며
얼마나 부서지며
얼마나 포기하며
얼마나 삶과 죽음을 생각하며,

오직 단 하나의 소망 외에 모든 것을
다 지워버리는,
땅의 모든 미련이 사라지고 날마다
하늘만 바라보게 하는,

이 병은,
정녕
은총이 아닌가?

「병(病)이 은총일 때」전문

아! 시인의 음성이 이토록 절실했었구나! 시인의 詩들

을 한 편 한 편 읽어 내려가다가 그만 가슴이 먹먹해서 다음 시를 읽어 내릴 수가 없다. 뜨거운 사막에서 햇살을 이고 걸어가는 시인의 뒷모습이 그림처럼 보였다. 시인은 너무나 고독하고 외로워 앞으로 더 나아가지 못하고 지금도 뒷걸음치며 가던 길 되돌아오고 있는지도 모를 일이다. 그러면서도 시인은 자신에게 난치병(難治病)을 주심에 감사할 줄 안다. 병이라도 주셔서 주님께 붙어있게 하시는 신(God)!!!

그리고 시인은 자신이 병(病)을, 생(生)을 견디어 낼 수 있었던 것은 오로지 당신(God) 때문이었음을 고백했다.

> 기억이 점점 사라져 간다
> 기억 속에 인생이 담겨있는데
> 인생은 기억으로 사는 것인데,
>
> 과거의 기억을 잃으면
> 미래의 기억도 없고,
> 기억이 없으면 인생도 없는데,
>
> 기억이 다 사라져도
> 두 가지만은 꼭 기억하고 싶다
> 하나는 아내이고, 또 하나는 주님이시다

두 가지 중 하나의 기억만 남는다면,
그것을 선택하라고 한다면,

나는, 나는, 나는

아, 나는

마지막 기억 속에
주님을
두고 싶다

_「마지막 기억」 전문

이제 더 이상 무엇을 설명할 수 있으랴!

기억이 다 사라져도
두 가지만은 꼭 기억하고 싶다
하나는 아내이고, 또 하나는 주님이시다

_「마지막 기억」 부분

시인은 지상에서 천국을 느낄 수 있었던 것은 사랑하는
아내의 덕이었다는 것을 앞부분의 시에서 노래했다. 그
래서 지상에서 천국처럼 행복할 수 있었던 것이다. 그러나 행여 마지막 지상에서 천국으로 부르심을 받는다면 마다치 않고 '주님!'을 찾을 것이라는 소망을 주저하지 않았다. 그것은 영원한 노래이며, 천국을 사모하는 신실한 믿음의 소산이다. 천국을 소망으로 품은 시인은 주님 앞에 흠 없기 위하여 길목에 주저앉아 순수한 기도를 한다. 이 땅에서 기쁘고 행복한 삶을 누리다가 천국의 소망을 가지고 하루하루 새 아침을 맞이하는 시인은 또다시 노래한다.

아, 저 푸른 언덕에서 쉬고 싶다!

훗날 내가 보이지 않거든
그대가 말해 주시게

그 사람,
저 언덕 넘어 사랑하는 님에게로
돌아갔다고,

혹 누가 묻거든 일러 주시게

그 사람,
저 강을 건너 그리운 님 곁으로
떠나갔다고,

그대가 꼭 말해 주시게

그 사람,
인생의 눈물 그치고 사모하던 님에게로
돌아갔다고,

「그대가 말해 주시게」 전문

시인은 이렇게 마지막을 노래하고 또다시 준비한다. 그것은 봄날 같은 집이다. 시인의 시(詩)에서 볼 수 있듯 이미 시인은 하루하루 봄날을 모아 집을 짓기 시작했다. 시인이 짓고 있는 봄날의 집이 풍경으로 들어온다. 병아리 같은 색으로 지붕을 엮었을지 수줍은 새색시의 볼 같은 색으로 마당을 수놓았을지는 알 수 없지만, 분명 시인은 힘들 때마다 봄날 같은 사람으로 마주 서 있을 것 같다.

봄날 한 날 한 날을 잘 살아야 한다
누에가 실을 뽑아 고치를 만들듯이
우리는 봄의 한 올 한 올을 가장 아름답게 뽑아
봄날의 집을 잘 지어야 한다

인생의 봄날은 가고,

늦가을 같은 쓸쓸한 황혼녘이 찾아와도
내가 지었던 봄날의 집,
그 속에 절절히 살아있는

꽃과 하늘, 태양과 바람, 얼굴과 얼굴들,
사랑과 이별, 기쁨과 슬픔,
그 그리움의 노래들이
내가 가는 그 길에서 울려 퍼질 것이기에,

추억 깊은 봄날의 집 그곳에서
인생의 마지막 미소 지을 것이기에,

「봄날의 집」 전문

시인은 봄날에 피어있는 꽃들에게도 말을 건넨다. 별보다 더 그립게 피어나 있는 꽃들이 마치 시인 자신의 모습 같아서일지도 모른다. 아마도 시인에게서는 봄날의 향기로 세상을 향해 행복을 전하고자 하는 마음일 것이다. 봄날의 꽃처럼 향기로운 미소를 톡톡히 세상에 내보낼 생각을 하고 있을 것이다. 그래서 시인은 창틀의 먼지를 닦으면서도 창문에 힘겹게 붙어있는 꽃잎 하나에도 예사로 넘기지 않고, 조심스럽게 꽃잎을 떼어 내어 책갈피에 고이 접어 넣는다.

꽃이 피듯 꽃이 지듯 자연의 순리대로 순응하면서 그 자리에서 아름답게 피고 지게 해달라고 꽃들에게 애원하기도 한다. 시인은 봄날의 꽃들이 얼마나 아프게 피었다가 잠시의 미소를 보내고 가야 하는지를 너무도 자명하게 알고 있지만, 시인의 마지막 기억 속은 꽃잎이 꽃잎을 부르고, 꽃잎이 새 하늘을 여는 그날이고 싶어 한다. 그리고 그 속에서 숨은 진실을 시(詩)로 노래한다.

이렇듯 윤오병 시인의 두 번째 시집『마지막 기억』은 시인 자신만의 특성이 더욱 잘 드러나 있다. 시(詩)는 자신만의 목소리가 잘 드러나야 하는데, 이러한 점에서 볼 때 시인은 시인만이 느낄 수 있는 내면의 심미안을 특출하게 표출해 냈다. 이 또한 작품으로의 면모도 두루 갖추어 진정한 작품의 범주에 드는 일이라 할 수 있겠다. 그리고 시인이 걸어가고 있는 내면의 세계를 고통스럽지만 그렇지 않게 숨은 진실을 사분사분 노래했다.

그래서 윤오병 시인의 시(詩)는 마음속에 생각하는 바가 진솔하다. 시인은 명치에 걸린 덫을 끄집어내어 고백서답게 시(詩)를 쓴다.

시집『마지막 기억』의 제5부를 보면 자명하게 드러난다. 시인은 여러 편의 시(「다윗의 고백」, 「바디오메의 기억」,「혈루증 여인의 고백」,「나병환자의 고백」,「마태의 고백」,「도마의 고백」,「스데반의 고백」)를 통하여 시인 자신의 신앙고백서를 노래하며 창조자를 기억해 냈다. 이는 시인이 시인이기 이전에 목회자의 사명을 가지고 양 무리를 치는 일을 잘 감당해 낼 수 있게 한다. 시인은 양 무리를 친구로 삼았다. 주님의 능하신 손길 따라 양 무리를 이끌고 지치고 힘들더라도 양 무리의 본이 되는 자세로 사명을 감당해 나간다. 이것은 어쩌면 고난을 받는 사역임이 틀림없다. 그러나 마지막까지 십자가를 지는 일에 마다하지 않고 예수님 가신 그 길 따라 묵묵히 가고 있는 것이다. 어찌 그 길이 평탄하기만 할까! 때로는 흐르는 눈물을 닦으며 가시밭길 맨발로 걸을 때도 있었을 것이며, 곁눈질도 할 수 없이 오로지 십자가를 지고 가야 할 단 하나 인생길이었을 것이다. 그러나 시인은 지금도 끊임없이 노래한다. 구주 예수 위해 죽으니/ 한없는 영광이로다!/ 주님 예수 앞에 바친 내 생명/ 영광! 영광! 영광일세!(「스데반의 고백」)

지금까지 윤오병 시인의 시(詩)를 통해 시인의 시(詩)가 꿈꾸는 것은 무엇인가를 알 수 있었다. 그 길이 비록 고난의 행군을 꿈꾸는 일이라 할지언정, 시인은 그 길을 멈추지 않을 것이다. 그것은 시인의 내적 고요와 신앙적 심미안의 관계를 넘나드는 일이라 아니할 수 없다.

시집의 마지막 장을 읽고 나니 시인이 그리는 봄날의 집에서 아름다운 향기가 진동을 한다. 하얀 눈물꽃 향기다.

마지막으로 시인의 고백서 「다윗의 고백 1」을 옮기며 글을 마치고자 한다.

　　별이 노래가 되었다
　　내가 노래할 때마다 별들이 합창했고
　　별들과 함께 노래할 때면
　　양떼들이 들었다
　　양들에게
　　별 하나씩을 주었다
　　별이 된 양 틈에서 잠들곤 하였다

　　아침노을이 들판과 양떼들을 붉게 물들이고
　　아침 공기의 신선함이 언덕을 부드럽게
　　감싸 안으면
　　나는 하늘보다 깊은숨을 쉬며
　　나의 주님께 노래를 부른다
　　내 노랫소리 울려 퍼지면
　　이슬에 젖은 풀잎들이 저마다의 소리로
　　노래를 하고 어느새 바람은

춤추며 허공을 맴돌고
양떼들이 일제히 울음소리로 합창을 한다

양떼를 풀어놓고
나는 짱돌을 주워 모아 물맷돌 연습을 한다
아버지의 양떼들을 잘 지키고 싶다
양을 한 마리도 잃고 싶지 않다
어떤 사나운 짐승이 와도,
밤이 오면 별이 되고 아침이 되면 함께
주님께 노래할 내 친구 양떼들을
지켜내고 싶다

저녁노을이 어둠 속에 평안하게 안기고
다시 별들이 빛나기 시작하면
나는 집이 그립다
엄마 아빠가 보고 싶다
외롭고 그리운 밤이 별과 함께 반짝일 때
흐르는 눈물을 닦으며 나는
큰 소리로 엄마, 아빠를 불러 본다
내 소리는 저 깊은 어둠 속으로 사라지고
고요한 적막만이 내 주변에서 서성거린다
눈물 한 방울 쭈룩 흐르면
주님의 이름을 가만히 불러본다
여호와 하나님!
마음이 뜨거워지고 안심과 평안이 내 영혼에

깃들면
밤하늘의 별들이 일제히 반짝이고
양떼 몇 마리 큰 소리로 운다

나는 양 틈에서
하늘을 한참 바라보다가
스르르 잠든다
그리운 미소를 띤 채

ⓒ 윤오병, 2018

초판 1쇄 발행 2018년 7월 31일

지은이   윤오병
펴낸이   이기봉
편집   좋은땅 편집팀
펴낸곳   도서출판 좋은땅
주소   경기도 고양시 덕양구 통일로 140 B동 442호(동산동, 삼송테크노밸리)
전화   02)374-8616~7
팩스   02)374-8614
이메일   so20s@naver.com
홈페이지   www.g-world.co.kr

ISBN   979-11-6222-605-6 (03810)

이 도서의 국립중앙도서관 출판시 도서목록(CIP)은 서지정보유통지원시스템 홈페이지(http://seoji.nl.go.kr)와 국가
자료공동목록시스템(http://www.nl.go.kr/kolisnet)에서 이용하실 수 있습니다. (CIP제어번호 : CIP2018022108)